パチンコ（上）

金山寿甲

白水社

パチンコ（上）

PACHINKO(top)
BY SOO-GAB KIM

目次

パチンコ（上）

ユキコ

本作品には、現代の社会通念や今日の人権意識に照らして不適切な表現があります。しかし、本作品においては別の表現で代替できるものではないと考え、そのまま使用しております。

パチンコ（上）

第一幕　イントロダクション

ラップ「ライフ・ストーリー」

登場人物
俺……………パチンコ屋が家業の在日三世、演劇ユニット東葛スポーツの主宰
할머니《ハルモニ》…………俺の祖母、在日一世

俺
現住所葛飾《かつしか》区　本籍地韓国
特別永住者ってのが在留資格
職業選択　の自由より血族
家業のパチンコ屋継ぐ　代表取締役
日銀が刷って　それを客がスって
そのまま俺の懐の中にすっと入って
고향《コヒャン》の全羅南道《チョルラナムド》には送れないって
ふるさと納税の　やり場に困って

⊙고향《コヒャン》（故郷）

金とヘイト　パンパンに膨らんだクロコの財布
在留カードが免罪符
差別　ってのは異国で暮らすサービス料
別途10%徴収（サ別）
日本人とつかない見分け　在日三世
今日のコーデ　三宅一生
パスポートのネーム　とは別垢《べつあか》で浴びる
この照明　東葛《とうかつ》スポーツが通称名
400万人　在日の代弁者
ノースフェイス　北の顔役の独裁者
賛美するプロパガンダ　どれでもない
俺の口から出るのは　キムチ臭ぇ息と
嫁と息子　扶養家族が何よりも必要ってことと
俺のルーツと　ヒップホップと
ここで見せしめる　カーテンコール
幕が降りる　俺はパチンコ屋戻って店閉める

ライフ　ストーリー
ライフ　ストーリー　（×2）

PACHINKO（TOP）
Soo-Gab Kim

할머니

あの時代　祖国はニッポンになってた
35年間　半島はニッポンの統治下
日本語を喋り　君が代を歌い
天皇を奉り　日の丸を軒先に掲げた
同胞は日本人として戦死し　広島では等しく被爆し
迎えた8月15日
独立とは名ばかり　アメリカとソ連の板挟み
半島はゲーセン　米ソ冷戦の暇つぶし
38度線でちょん切られ　チョンと罵《ののし》られたとて
いくら日本が戦後の焼け野原とて
そこが希望の地と思えるほどに祖国は滅茶苦茶で
身ひとつで　命からがら半島を離れ
人殺し以外はなんでもやった　息を殺して暮らしてた
犬を食うヤツらと石を投げられた
意志は曲げられた　夫は言った
挑戦は終わりにして　そろそろ조선《チョソン》に帰ろうか
それなら最後の賭けに出ようじゃん
犬は食わねぇよ　食ったのは人生のワンチャン

⚡조선《チョソン》（朝鮮）

手に入れたのは　流山《ながれやま》市　居抜きのパチンコ屋
常連客は　閑古鳥と借金取り
３６５日休まず働いた　家族だからこそ成し得られる
人権無視の人件費ゼロ
常磐道《じょうばんどう》が開通し　街はベッドタウンに膨《ふく》らみ
市民は熱狂し　金をベットしたパチンコに
인생《インセン》　이야기《イヤギ》
인생《インセン》　이야기《イヤギ》（×２）

⊕인생《インセン》　이야기《イヤギ》（ライフストーリー）

할머니

いいかい三代目　パチンコ屋は儲かる
柏《かしわ》高島屋の新館は　私のお陰で建ったって外商が笑う
でも気をつけな　人様を削ってるんだって気がつきな
天職を全うしたとき　天国は諦めな

俺

この世は掃き溜めだって諦めは　リリックで書き飽きた
息子抱き上げた아빠《アッパ》はパチ屋でラッパー
ペン先を研いで　地獄の沙汰を書き上げる
嫁は研がずに　無洗米を炊き上げた

⊕아빠《アッパ》（お父さん）

PACHINKO (TOP)
Soo-Gab Kim

할머니

お前のお嫁さん　일본사람《イルボンサラン》？
でかした　それでいい
祖国の血なんて三世は気にするな
帰化したとしても　할머니《ハルモニ》は賛成するよ

俺

嫁は出来た嫁で　俺に帰化するなってよ
だって在日ネタが出来なくなるじゃんって
そうだハルモニ　そのチマチョゴリ借りたんだ
結婚式のとき　嫁が着たいって

할머니

人生を歩く靴は　一生モンを買いな
ソールを付け替えながら　末長く大切に

俺

俺にも確実に宿ってる」ソウル
なにせこの国で生まれ　この国で育ったからな

할머니

金では拭えない　不憫もさせたろう
할머니《ハルモニ》たちのこと　恨んでるかい？

⚡일본사람《イルボンサラン》（日本人）

⚡할머니《ハルモニ》（おばあちゃん）

⚡할머니《ハルモニ》（おばあちゃん）

俺

そんなわけねぇじゃん
Jソウルと　緑のパスポート持った
パチンコ屋の三代目
ライフ　ストーリー
半島と列島にまつわるファミリーヒストリー
今俺がこの場所に立ってるってことの軌跡と奇跡を歌に
ライフ　ストーリー
あなたたちそれぞれのファミリーヒストリー
今俺たちがこの場所で出会ってるってことの軌跡と奇跡を胸に

할머니

인생《インセン》　이야기《イヤギ》
인생《インセン》　이야기《イヤギ》（ライフストーリー）

俺

ライフ　ストーリー

할머니

인생《インセン》　이야기《イヤギ》

俺

ライフ　ストーリー

ラップ「生活保護VSパチンコ」

登場人物
フード……生活保護をパチンコに張るパチプロの男
ママ……パチンコ依存症のシングルマザー

[舞台] フードとママがそれぞれパチンコを打っている。

フード

預貯金　土地無し　車無し　なら生活保護だろ選択肢
申請すんなら付き合うし　立石《たていし》　葛飾区役所に9時
支給額13万鷲《わし》掴《づか》みして朝イチからパチ
世間の白い目　尻目に入ったぜリーチ目
贔屓《ひいき》目　無しで台選ぶ目　マジで神の目
座右の銘は無《ね》ぇ　右隣の席のハイエナめ

この台狙ってんの見え見えだよお前《めえ》
目深に被るフード　葛飾《かつしか》のソウルフード
目線隠し歩くのがこの街の風土
ふっと気づく　さっきすれ違ったフード
婦女暴行で指名手配　ポスターで見た風貌
兇状《きょうじょう》持ちとも　共存共栄
小菅《こすげ》拘置所が観光名所　葛飾の風土
区から再三の呼び出しの封筒　黄色からピンクのが来たら面倒
教えとくぜヒント　教えてくれたピン子
渡る世間と　長きにわたる政権は鬼ばかり
ガーシーのめくり　より『餓死日記』めくる
このバイブル　は人間の業を晒《さら》しめくる
生活保護受けるくらいなら餓死る
美しい国ニッポンの美学　桜のように潔く散る
片や海物語でチル　生活保護全額パチ屋に張る
こちら葛飾区　亀有公園前ダイナム
人生詰む　ドル箱積む　お手手の札の皺《しわ》と皺を伸ばして南無《なむ》
区役所2階　生活課相談係　あと一歩が出ないなら俺が背中押してやる
押すなよ押すなよ　ダチョウ倶楽部のお約束

PACHINKO (TOP)
Soo-Gab Kim

キメてからのセーフティネットー風呂
給付止まるぞ資産は捨てろ　キャッチ&リリース
パチ屋で釣った金はパチ屋に放流
パチラブって掲示板には好きモノが集まる
すぐにソレとわかる隠語がズラリ立ち並ぶ

ママ　亀ダ　テコ黄3　シャブ赤1　S着赤3　NN赤5　AF応相談

フード　解読しよう　亀有ダイナム　手コキ黄色3枚
フェラ赤色1枚　本番ゴム着用赤色3枚
本番生中出し赤色5枚　アナルファックは別途応相談
色と枚数は特殊景品　レートは黄色1枚が千円　赤色1枚が5千
現ナマは介さず景品でディール
パチ屋ならではの頓知でひっそり春を売る
マッチングすると程なく

ママ　24歳　163　痩《や》せ　清楚系　2階スロット前女子トイレ

フード　そこにはいかにもどハマりしてますっていう

青白い顔の幸薄い女が待ってた

PACHINKO（TOP）
Soo-Gab Kim

ラップ「ママ」

登場人物
ママ……………パチンコ依存症のシングルマザー

フック

I am a sinner who's probably gonna sin again　（私は罪人、また罪を犯すだろう）
Lord forgive me　Lord forgive me　（神よ、許したまえ　神よ、許したまえ）
Things I don't understand　（私には理解できないことがある）
Sometime I need to be alone　（時にひとりになりたくて）
Baby don't cry　Baby don't cry　（ベイビー泣かないで　ベイビー泣かないで）
本当は3錠飲まなきゃいけないのに1錠しか飲んでないからこの惨状の二乗
Baby don't cry　Baby don't cry　（ベイビー泣かないで　ベイビー泣かないで）
Baby don't cry　Baby don't cry　（ベイビー泣かないで　ベイビー泣かないで）

ママ

二週間おき　仲《なか》御《お》徒《かち》町《まち》に通う　怒号が飛び交う
受付で絶えず誰かがトラブってる　ここはメンタルクリニック
ＡＳＤにＡＤＨＤ少々　ドクターがいつものを言う
病気じゃなくて特性　ＯＫわかったよ　早く頂戴よ処方箋を
ストラテラは魔法　平穏を取り戻す　一日３錠
２錠捌《さば》くから１錠　だから一日のうちの３分の２は取り乱す
医療負担３割に７割色つけて捌く　一度試せばあんたも欲しくなる
ストラテラ飲めば痩せられる　脱法ダイエットの必須
もうすぐ障害者手帳３級が貰《もら》える
サンキュー　これで生活も少しは楽になる？
いっつも泣いてる子供も少しは笑う？
泣き声が聞こえる　耳にパチンコ玉突っ込んでるのに
出ねぇよこの台　早くフィーバーの音でこの泣き声をかき消してよ
ハイエナが狙ってる　この台から動くのを　もう金が尽きる
iPhone をひらく　パチラブって掲示板には好きモノが集まる

フック

I am a sinner who's probably gonna sin again　（私は罪人、また罪を犯すだろう）
Lord forgive me　Lord forgive me　（神よ、許したまえ　神よ、許したまえ）
Things I don't understand　（私には理解できないことがある）

ママ

Sometime I need to be alone　（時にひとりになりたくて）
Baby don't cry　Baby don't cry　（ベイビー泣かないで　ベイビー泣かないで）
本当は3錠飲まなきゃいけないのに1錠しか飲んでないからこの惨状の二乗
Baby don't cry　Baby don't cry　（ベイビー泣かないで　ベイビー泣かないで）
Baby don't cry　Baby don't cry　（ベイビー泣かないで　ベイビー泣かないで）

亀ダ　テコ黄3　シャブ赤1
S着赤3　NN赤5　AF応相談
シャブとNNでマッチング成立
現われたのはフードって呼ばれてるダイナムの常連
生活保護で打ってるパチプロ
「俺は行政と勝負してるんだ」が口癖
意外なまでに紳士　中出しの後に述べる謝辞
だから特別にあげたノベルティ
サングラスかけた最新の全裸写真
赤5枚の特殊景品を換金　賭博《とばく》だ売春だは野暮だファッキン
その金持って帰れって？　あんたパチンコわかってないわ
見せてやろうか　れっきとした履歴書　国立大卒
宅建に保育士　一発試験の運転免許　過集中がADHDの真骨頂

仕事の面接で落ちたことない　仕事が長く続いたことない
生きづらい　生きづらいのが忘れられるパチンコ屋は行きやすい
今日も行こう　明日も行こう　パチンコ依存と共依存
昨日も柴又のタリーズに居た　ＺＯＲＮのライフ・ストーリーを聴きながら

フック

I am a sinner who's probably gonna sin again （私は罪人、また罪を犯すだろう）
Lord forgive me　Lord forgive me （神よ、許したまえ　神よ、許したまえ）
Things I don't understand （私には理解できないことがある）
Sometime I need to be alone （時にひとりになりたくて）
Baby don't cry　Baby don't cry （ベイビー泣かないで　ベイビー泣かないで）
本当は３錠飲まなきゃいけないのに１錠しか飲んでないからこの惨状の一乗
Baby don't cry　Baby don't cry （ベイビー泣かないで　ベイビー泣かないで）
Baby don't cry　Baby don't cry （ベイビー泣かないで　ベイビー泣かないで）

ママ

Baby don't cry　すごいよお母さん　ずっと連チャンしてる
待ってて　この台キテるから　ゾーン入ってるから
終わったらさ　アリオ行こうか　おいしいもの食べてさ
トイザらスでおもちゃ買ってさ　ね？
だからさ　もうちょっとだけこの台打たせて

ずっと育ててたの　体張って育ててたの　もう15万突っ込んでるの
だから打たせて　もうちょっとだけだから　ね？
Baby don't cry　Baby don't cry　みんな見に来てる　ほら
フードの男も　ハイエナどももも　みんな見に来てる
お母さんの大当たりを　フードの男も　ハイエナどももも
ほらね？　お母さんすごいでしょ？
Baby don't cry　Baby don't cry
Baby don't cry　Baby don't cry
車から出ないで　絶対に
危ないから　車の中で待ってて
車の中で

⚡フックの英詞はケンドリック・ラマーの楽曲「Bitch, Don't Kill My Vibe」のフックから着想。

第二幕　前説

登場人物
ママ…………パチンコ依存症のシングルマザー
前説…………前説の担当者

［舞台］　床面に教会の屋根の上にあるような十字架が立っている。

ママ　（ラップシーンからの繋がり）罪を告白しに来ました。神父さんいらっしゃいますか？
前説　うち、本屋なんですけど。
ママ　……だって十字架が。
前説　ああ、アレ、台風で看板が壊れちゃいまして……コレの……ここんとこが壊れちゃいまして……（十字架に破片を取り付けると「本」の文字になる）
ママ　あぁ……本屋さんだったんですね。（間）自首して来ます。（退場）

前説

皆さん、お子さん、大丈夫ですか？　マルイの地下駐車場とかに置き去りにしてないですか？　ダメですからね絶対。

⚡公演会場は北千住マルイの10階。

まだ序盤ですけど、思ってたのと違いました？『パチンコ（上）』。1曲目はいい感じで始まって、2曲目くらいからアレ？　って。思いました？　もっとこう、左翼思想のお友達にオススメしたくなる演劇っていうか、日本はその昔、結構ひどいことしたんだよね？　って思い出させてくれるような、差別に耐えながらも慎ましい幸せを紡ぎながら生きる在日の物語みたいな、そういう演劇が見られるんじゃないかってお越し頂いてたとしたら……ごめんなさい。미《ミ》안《ア》합《ナム》니《ニ》다《ダ》。

⚡미《ミ》안《ア》합《ナム》니《ニ》다《ダ》（ごめんなさい）

もしそういうのをご覧になりたかったら、たぶん新国立劇場とか行ってもらえたら、鄭義信《ちょんうぃしん》さんとかがそういうのを専門でやってらっしゃると思いますので、そちらをご覧頂けたら間違いないんじゃないかなあと、存じます。この台本書いてるここの主宰も、在日は在日なんですけど、バリバリの。バリバリのって……専門用語で言うとパンチョッパリじゃないっていう。

⚡パンチョッパリ＝在日韓国・朝鮮人と日本人との混血を侮辱的に示す言葉。

そんな細分化されても、ってねぇ。知らないよって、ねぇ。思っちゃいますよね。

ホリエモンとひろゆきが最近仲悪いらしいとか。そこ細分化されるんだみたいなのあるじゃないですか。一緒くたにしてるんで。

おんなじで、在日の演劇でそんな細分化されてもってねぇ。普通に、読売新聞の夕刊に載るようなのやってよっていう。


よく、新聞を後ろから読むヤツとかってバカにされるじゃないですか。テレビ欄とかスポーツ欄とかから読むヤツとかって。私もそうだったんですよ。だからいっそのことスポーツ新聞取ることにしたんですよ。日刊スポーツ。そしたら、日刊スポーツでも後ろから読んでるんですよね。スポーツ紙って後ろから2枚目くらいに政治欄があるじゃないですか。あそこから読んでるんですよね。

大谷翔平よりかは、大谷昭宏の「フラッシュアップ」っていうコラムのが気になるっていう。

私に一面から読ませる丁度いい新聞ってないんですかね。

それくらいの距離感です。政治とか社会とかとは。

大手町から26分ってとこです。——これ金町《かなまち》のマンションの売り文句ですけど。

在日にはざーっくり分けちゃうと二種類の人間がいます。パチンコ屋の在日と、パチンコ屋じゃない在日。じゃあ東葛スポーツの主宰はどっちの在日か。パチンコ屋の在日です。

もし、すでにこの演劇の内容に興味持てなくなってたら、私が「在日」って何回言うかって数えてたら時間をやり過ごせるかもしれませんので。

よく「孫の代まで遊んで暮らせる」とか言うじゃないですか。ここの主宰のうちは「孫の代まで演劇して暮らせる」ですから。遊ぶよりお金かかりますから、演劇は。じゃあそのお金はどっから出てきてるんだと。

パチンコですよ。お金の心配しないで演劇なんてやってられるのなんて、実家がパチンコ屋か、実家が成田屋のヤツくらいですから。

成田屋って團十郎《だんじゅうろう》のとこです。——知らない人のために。

助成金も取ってないのにこのチケット代っていうのもおかしいんですから。自分で言っちゃうといやらしいんですけど、今回の演者だって小劇場界じゃそこそこ豪華っていう部類に入るメンツですしね。それでこれだけのサウンドシステム入れてですね、舞監も一流どこのクルー揃えて、これで前売り3500円って。そんな値段じゃペイできるわけないなんて、こんなのはソロバン弾くまでもないんですよ。じゃあ赤は誰が被《かぶ》るんだと。

誰が赤被ってると思います？

パチンコが被ってるんですよ。

パチンコ屋やってるじゃないですか。そこに組み込まれてるんですよ。東葛スポーツは。

あ、早い。早い人はもう気がついた。

そうなんですよ。アミューズメントだと。パチンコも演劇も。であれば会社のエンタメ部門として東葛スポーツも運営しちゃおうと。私もいろんなとこ出演してきましたけど、税金対策の演劇っていうのはここだけですよ。


っていうのはこれまでの話。

じゃあこれからの話しましょうか。この会場にいらっしゃる皆さまはこれからの人間ですので。

パチンコ屋って今バタバタ潰れてるんですよ。理由は簡単で、国が潰す方向に舵切ってるからです。ま、大手だけは残してっていうコレ（かぎかっこを表わす仕草）はつくんですけど。


「射幸心《しゃこうしん》を煽《あお》ってはいけない」。これが今のパチンコのスローガンなんです。

ギャンブルで射幸心を煽ってはいけないなんて、そんなパラドックスあります？

射幸心を煽らないパチンコって何か？　って。

簡単ですよ。つまんない台ってことですよ。

今、パチンコでもスロットでも、ぶっ込む価値のある台が無いんですよ。前は10万ぶっ込んでも50万出るかも知れないとか、そんな台ざらにあったんです。今もうそんな台作れないんですよ、メーカーも。国から規制かけられちゃって。10万ぶっ込んで10万3千円になって誰が喜びますか？　それで喜ぶ人は「つみたてＮＩＳＡ」やりますよね。後でそういうシーンありますけど。


それでコレからです。さっき大手は残してって私言いましたね？

パチンコ業界が変わります！　スマートパチンコの時代へ！

スマートパチンコ？　なんのこっちゃ？　って思ってらっしゃると思いますけど、パチンコ屋からパチンコ玉もスロットのメダルも消えます。出玉から何から、すべてデータで管理される時代になります。


最近野球でビデオ判定するじゃないですか。

メジャーリーグって、全球場のビデオ映像をニューヨークにあるオペレーションセンターってとこで一括管理してるんです。それで、リクエストが出たら審判がそのニューヨークのセンターに連絡して、そこに判定員っていうのがいて、ビデオを見て判定して球場の審判に伝えて、最終的にアウトだセーフだ、ホームランだファウルだってやってるんですけど、スマートパチンコではそれをやろうとしてるんです。

日本全国のパチンコ屋のデータを一括で管理するって、パチンコは落ち目だ落ち目だって言われてますけど、それでも２０２０年でまだ15兆円産業ですから。これを一括で管理するんですから、当然ながらお国の息がかかったところが管理するわけじゃないですか。そもそも警察関係のＯＢが、パチンコ業界の組合とかに散々天下《あまくだ》ってるわけですし。上と上はズブズブですから。

今のところパチンコ屋にメリットあまりないじゃないですか。お国の一定層が既得権益を得るってだけで。

そこでですよ。

「スマートパチンコに移行するなら、射幸心を煽るような、パチンコ依存症が身《み》悶《もだ》えるような台を出してもいいですよ」と。

こういうことなんです。

ちなみに、そのスマートパチンコの設備にかかる費用ですけど、ここの主宰のとこのお店でおよそ一億かかるらしいです。小さいお店ですよ？　ですから、体力の無い小さいパチンコ屋はここで撤退してもらって、財力のある大手とお国で握って、これからももちつもたれつやって行きましょうと。昔から敵対してるフリして、三河島の焼肉屋で人目を忍んでマッコリを飲み交わしてきたじゃないですかと。

こういうことなんです。

そんな「別にパチンコの未来なんてどうでもいいし」、とかって思ってますよね？　この後「ドーン！」ってなりますよ。『笑ゥせぇるすまん』みたいに、「ドーン！」ってなりますよ。

「パチンコ屋が潰れようが何しようが別にどうでもいいんだけど」って思いましたよね？　「毎週末に三千円代で面白い演劇が見れればそれでいいんだけど」って思いましたよね？　今私がお話ししたこれぜーんぶ、本当はあなたが大好きな小劇場演劇の話なんですよ？

ドーーン!!


（間）


皆さま……ギャンブル依存症だと思うんです。

すみません、정말《チョンマル》 미안합니다《ミアナムニダ》。

⚡정말《チョンマル》 미안합니다《ミアナムニダ》（本当にすみません）

本当にすみませんなんですけど……皆さま、ギャンブル依存症だと思うんです。

いや、間違いないんですよ。だって、演劇なんてほとんどがつまんないわけじゃないですか。当たらなさで言ったら、パチンコより全然当たんないですよ？

パチンコっていうのは、一応連敗しないギャンブルって言われてるぐらいですから。

かく言う東葛スポーツだって前回つまんなかったんですよね？　私が出てないときそういうこと多いんですよ。

「でも次は面白いんじゃないか？」って思ってこうしてお越し下さってるわけですよね？


３５００円をスってスってスって、ようやく大当たりの演劇を引く。このスリルと快感が忘れられないんですよね？　違うとは言わせません。本当に本当にありがたい限りなんですけど、開場待ちで並んで下さってるお客様の列を見ますと、パチンコ屋の開店待ちの列とどうしてもダブって見えてしまうんですよね。

パチンコ業界と一緒で、演劇業界も厳しいです。お客さん入らないです。

理由もパチンコと一緒です。

射幸心を煽る演劇がないんですよ。

当たるときとハマるときとの差があればあるほど射幸心が煽られるわけじゃないですか。10万ぶっ込んでも20万ぶっ込んでも一切出ないドハマり。このドハマりと、開店から閉店まで出っ放しの大爆発があっての射幸心じゃないですか。

今って、クソつまんない演劇って無いじゃないですか。普通につまんないのは相変わらず多いんですけど、帰り道で電車乗り間違っちゃうくらいの朦朧《もうろう》とするくらいのクソつまんない演劇って無いじゃないですか。

なぁんか、妙にナチュラル芝居がうまい役者が何人か出てきて、作家の手癖みたいな、そういうんだったらいくらでも書けますよみたいなちょっとおかしな会話のやり取りで終始進んで行って、最後の最後その向こうに本当にチラッとだけ社会問題を透かして見せるみたいなの。そういうのばっかりじゃないですか。普通につまんないんですけど、クソつまんないまではいかないじゃないですか。

一方で、開演から終演まで何十連チャン出っ放しで面白いってのも無いじゃないですか。

もちろん、自問自答になってはくるんですけど。


演劇界は衰退するし、ケツ持ちのはずだった実家のパチンコ屋も先行き不透明だし。

じゃあ一体どうする東葛スポーツ。

［スクリーン］法人番号指定通知書

(送付先)
[redacted]

東葛スポーツ　御中

#01000004
220704

498-60-07577-5

令和４年７月４日

複写

国税庁長官
(官印省略)

法人番号指定通知書

行政手続における特定の個人を識別するための番号の利用等に関する法律の規定により、下記のとおり法人番号を指定したことを通知します。

記

法人番号（13桁）		4700150110697
法人番号の指定を受けた者 ※1	商号又は名称	東葛スポーツ
	本店又は主たる事務所の所在地	[redacted]
	国内における主たる事務所等の所在地 ※2	
法人番号指定年月日		令和４年７月４日
国税庁法人番号公表サイトの表記 ※3	商号又は名称	東葛スポーツ
	本店又は主たる事務所の所在地	[redacted]
	国内における主たる事務所等の所在地 ※2	

(G220704-0000004)

※1　通知書作成日現在の情報に基づく表記です。
※2　法人番号の指定を受けた者が外国法人等の場合に記載しています。
※3　国税庁法人番号公表サイトでは、JIS第１水準及び第２水準以外の文字をJIS第１水準及び第２水準の文字に置換えしています。
また、人格のない社団等については、あらかじめその代表者又は管理人の同意を得た場合に公表する表記です。

PACHINKO (TOP)
Soo-Gab Kim

前説　法人番号を取得させて頂きました。東葛スポーツは、今年の7月4日を持ちまして任意団体登録をさせて頂きました。あ、早い。早い人はもう気がついた。そうなんですよ。文化庁さんの、ARTS for the future！第2弾の支援金を申請させて頂き、厳正な審査の結果無事交付されることが決定いたしました。はい。法人番号を取得している団体というのが交付の条件にあったもので、このたび任意団体登録させて頂きました。

［スクリーン］アーツ・フォー・ザ・フューチャー2のロゴ

前説　交付が決定されたところはこのシンボルマーク出さないといけませんので。いやもっと大きく出しましょうよ。

AFF2

ARTS for the future! ▶2

36

PACHINKO（TOP）

Soo-Gab Kim

前説

あぁ、いいですね。
ところで金額気になりますよね？　ここ他の劇団はボカすとこですけど。
トヨタ、新型ノア、最上級グレードS−Z、ハイブリッドE4、フルオプション。
の、乗り出し価格くらいの金額です。　⚡およそ５１０万円。

まだお金は貰ってないんですよ？　この金額がドバッと東葛スポーツのMizuhoの口座に入ったっていうんじゃなくて、この後公演にかかった様々な経費を請求書・領収書とともに提出して、認められた金額分が支払われるっていう。ですので、お財布に眠ってる要らない領収書などありましたら受付に箱置いておきますので、お帰りの際に入れていって下さい。よくコンビニでもどこでも、レジの前に不要なレシート入れみたいな箱あるじゃないですか。アレお金にしか見えないですよ私。全部持って来ちゃいますから。

今回支援金を申請するにあたって知り合いに色々訊《き》いてみたんですけど、結構皆さん取ってないんですよね。支援金・助成金の類を。どう見ても助成金取ってますみたいな内容の演劇やってる団体でもですね、結構皆さん取ってないんだってことがわかって驚いたんですけど。

助成金も取ってないのに、なんでまるで助成金取ってますみたいな内容というか雰囲気出してくるんですかね。よそさんは。

よそはよそなんだから別にどうでもいいじゃないのとかって、私そういう風には考えないんですよね。

お葬式の弔辞《ちょうじ》とかであるじゃないですか。

「決して人の悪口は言わない人でした」とかっていうの。

あれ聞くと私なんか、「ああ、話がつまんない人だったんだな」って思いますから。後でそういうシーンありますけど。

本日はご来場誠にありがとうございます。どうぞごゆっくりお楽しみ下さい。


（退場）

第三幕　ＢＬＯＯＤ

登場人物
俺…………パチンコ屋が家業の在日三世、演劇ユニット東葛スポーツの主宰
ある男………あの男

［字幕］　それは邪悪さなのか？　それは弱さなのか？　あなた次第だ
　　わたしたちは皆生きるのだろうか、それとも死ぬのだろうか？⚡

⚡ケンドリック・ラマーの楽曲「ＢＬＯＯＤ」の歌詞より。

俺　（パチンコ屋店内でホール回りの仕事をしている様子）
ある男　（おぼつかない歩き方で登場し、この後の台詞を動きでなぞる）
俺　この間　うちの店に　ある男が入ってきた　サングラスをした　恐らく盲目の
ホールの中をウロウロしながら　落ちてるパチンコ玉を拾ってるみたいだった
うちの店の交換率は等価交換で　つまりパチンコ玉１玉につき４円
店側の人間としたら注意するべきところだが　俺は男に慈悲をかけた

ある男

しばらく見てたら　男はつまづいた拍子に　拾ったパチンコ玉をすべて落としてしまった　俺は男に手を貸そうと声をかけた　それは慈悲というより朝鮮半島に染みついてるとされる　儒教精神ってやつだろう
「お客さま　お手伝いいたしましょうか？」
「落とされたパチンコ玉　私が拾いましょう」
「こちらの玉　交換されますか？」
男は答えた
交換するよ　お前の命と
（ある男は受け取ったパチンコ玉を背負っていた手製の散弾銃に装弾し、俺に向け発砲する）
（爆発音に近い銃声が轟く）
［字幕］それは邪悪さなのか？⚡

⚡ケンドリック・ラマーの楽曲「ＢＬＯＯＤ」の歌詞より。

ラップ「ＤＮＡ」

登場人物

嫌韓……………日本人

바일《パニル》（反日）……韓国人

USA……………アメリカ人

嫌韓

嫌韓　嫌韓　嫌韓　嫌韓

玄関出た瞬間から　嫌韓ＤＮＡ

強制送還パチ屋在日　嫌韓ＤＮＡ

欠陥国家とは国交解消　嫌韓ＤＮＡ

陛下ヘイターはダメだコリア　嫌韓ＤＮＡ

ＬＧの液晶に映せ畜生に日章旗

センチュリーで靖国　ヒュンダイ見つけ次第

바일

煽り運転　BTSにPTSD
DNA鑑定の結果
嫌韓　嫌韓　嫌韓　嫌韓
現場のニッカポッカも　嫌韓DNA
飯場もAPAも寝る床　嫌韓DNA
勇敢な朝刊産経だけ　嫌韓DNA
DHCフォーメン無罪放免　嫌韓DNA
臓器提供と嫌韓の意思表示カード
タイムカード押せサービス残業徴用工
ベンチで青姦横に慰安婦の像
どうせお前のDNAは

반일《パニル》　반일《パニル》　반일《パニル》　반일《パニル》
バーニング日の丸燃す　반일《パニル》DNA
ジャムと반일《パニル》をパンに塗る　반일《パニル》DNA
ごはんとスープとナムルと　반일《パニル》DNA
チャングムとチャムシルとあと　반일《パニル》DNA
半日じゃねぇ終日で反日だね
やられたことはDNAが忘れてねぇ

反일《パニル》（反日）

自治会同じだから仕方がねぇ
けど回覧板回さねぇ自治会費払っとけ
加害者が払っとけ　빨리《バリ》　빨리《バリ》　빨리《バリ》　빨리《バリ》
本当に嫌韓か？　本当は愛韓か？
女の子のメイク　みんな韓国流のメイク
ジャニーズのニューフェイス　みんな韓国流のフェイス
韓国流をトレース　が今どきのフェーズ
フレックスしてフィックス　ネトウヨのお前じゃセックス
できねぇでDEATH　絶滅嫌韓DNA
辛酸舐めて　辛ラーメン食え

嫌韓

嫌嫌嫌玄関出た瞬間から　嫌韓DNA

바일

반일일《パンパンパン》バーニング日の丸燃す　뱐일《バニル》DNA

嫌韓

嫌嫌嫌玄関出た瞬間から　嫌韓DNA

嫌／바

4　3　2　1／사《サー》　삼《サム》　이《イー》　일《イル》

⚡빨리《バリ》（早く）

⚡사삼이일《サーサムイーイル》（4、3、2、1）

ＵＳＡ

嫌韓も반일《バニル》も　目くそ鼻くそ
クソも味噌も一緒の　半島も列島も有象無象
お前らのＤＮＡ　マジで興味ねぇ
マイネームイズＵＳＡ　汝の主はＵＳＡだろ？
中露北の核核核　ビビって膝ガクガクガク
助けてほしいか？か？か？　ならそれなりの額額額
あと治外法権の基地と　沖縄済州島《チェジュド》のビーチと
股のゆるいビッチと　星条旗と正常位を永遠なれ
同盟になりたきゃ　手っ取り早く奴隷になりな
ドメイン取得な　@usa.com ケツにつけな
人間の死因トップ癌　映画のナンバー1トップガン
F14で撃ち堕とせガンガン　トムクルーズが正義だアメリカン
お前らが沈んでも　太平洋広くなるだけ
だからノープロブレム　だからノープロブレム
自由と銃の国　マイネームイズＵＳＡ
セックス　マネー　バイオレンス
がＵＳＡのＤＮＡ

第四幕　ある男

登場人物
ある男………あの男
ミズホ………ガールズバーの女
一重瞼………半島にルーツを持つとおぼしき焼肉屋の女
母親…………ある男の母親
こころ………松戸角海老根本店の泡姫
俺……………パチンコ屋が家業の在日三世、演劇ユニット東葛スポーツの主宰

［字幕］厚生労働省／平成24年7月から、食品衛生法に基づいて、
レバーを生食用として販売・提供することを禁止しました。

ある男

レバーは　厚生労働省が定めたこの食品衛生法の網の目をかいくぐった
つまりレバーは　網で焼かれることなく生で食された
これは　ある男が生レバーを食った話だ　タラレバは無しだ

ある男
ミズホ
ある男
一重瞼
ある男

男は金町駅から歩みを始めた　北口ロータリーに出たら秒で客引きだ
素足にクロックス履いた　痩せ細った金髪の女が常套句《じょうとうく》を吐いた
ガールズバーいかがですかぁ
女の胸には「ミズホ」って名札　奇しくもそこにはMizuhoが建ってた
撤退して三年もぬけの殻　テナント募集の張り紙か
山添拓《やまぞえたく》のポスターか　諦めるのはどっちだ
暴力的革命を要綱に謳ってたら俺も共産党に　タラレバは無しだ
「この先チカンに注意」って看板が　出迎えてくれる自己責任の路地
公然と行なわれる臓器売買　内臓系に強いんだ　その店は
赤字で「エデンの園」と書かれた　湿気を帯びた重ったるい暖簾《のれん》
嗅覚を信じず食べログをググるのか？　その度胸じゃこの暖簾はくぐれないな
いらっしゃいませ　空いてる席どうぞ
接客にはおもてなしもクソも無し
切れ長の一重瞼《ひとえまぶた》の美人　半島にルーツがある女と見た
とりあえずレバ刺し　女は黙る
俺は追い打ちをかける　レバ刺しありますか？
女は否定も肯定もせず厨房《ちゅうぼう》に消えた
俺はあのときのことを思い出した

俺が幼い頃　父親が自ら命を絶った
葬式のとき俺は坊さんに尋ねた
天国はありますか？　地獄はありますか？
坊さんは否定も肯定もしなかった
あとで母親にそのことを話したら

母親　だから他の宗教はダメなのよ

ある男　と言った
あのとき俺は幼すぎた　母親の暴走を止められてたら
いや　タラレバは無しだ
女が厨房から戻ってきた
レバーがのった皿と一緒に　トングをテーブルに置いた
俺は言った　頼んだのはレバ刺しでレバ焼きじゃないと
女はこう言った

一重瞼　焼肉屋っていうのは　最終的な調理は客に委ねられてますので

ある男　つまりこうだ
店はあくまでも焼きありきで提供し　にもかかわらず客は生で食った

一重瞼　女が避妊具を出しても　生で食ったりするじゃないですか

ある男　トングと避妊具
アダムとイヴはリンゴを焼かなかった

ある男

知恵の樹の下にトングはあったのに
生レバーは　この焼肉屋によって食品衛生法の網の目をかいくぐった
葛飾区金町　エデンの園
未《いま》だ食べログには評価もコメントもあがってはいない

［字幕］　売春防止法／この法律は、売春が人としての尊厳を害し、性道徳に反し、社会の善良の風俗をみだすものであることにかんがみ、売春を助長する行為等を処罰するとともに、性交又は環境に照して売春を行うおそれのある女子に対する補導処分及び保護更生の処置を講ずることによって、売春の防止を図ることを目的とする。

この法律は　泡とともに　排水口から下水に垂れ流された　これは
ある男が　ある女と出会い　結ばれ　別れるまでの　トータル50分の恋物語だ

受付で入浴料の5千円を支払い　無料ですからと促され指名を済まし
日経ビジネス　プレジデント　エコノミスト　ダイアモンド　週刊東洋経済の5大ビジネス誌が置かれた　空気がピンと張り詰めた待合室に通された
そこに詰めた男たちは　およそ似つかわしくないビジネス誌を読み耽《ふけ》る
フリをする

こころ
ある男

なぜこの手の待合室にはこの手の読み物が置かれるのか　理由はわからない
紙コップに入った飲み物が置かれたが手が伸びない　理由は中身がわからない
禁欲を課せられたボクサーたちが　こちらに向かってファイティングポーズを
とる
角海老《かどえび》宝石ジムのポスターが　待合室に詰めた男たちを鼓舞する
男にも少々覚えがあった　シャドウに入ろうとしたとき　順番が回ってきた
こころです　指名して頂いてありがとうございます
受付で見た写真と　同一人物だと理解するまでに15秒を費やした
渡された歯ブラシで歯を磨いた　アメニティを充実させる気は毛頭ない
らしい
歯槽膿漏《しそうのうろう》の歯茎《はぐき》に粗悪なブラシが突き刺さる　血生臭い味と口臭が立ち
込めた
当たり障りのない会話から始まった
女はローションを慣れた手つきで泡立て始めた
男は身の上話を語り始めた　幼少期から現在に至る過酷な身の上話だ
なぜ初対面の女にこんな話をしたのか　初対面だから話したのか　わから
ない
洗面器一杯の泡に　ポタッポタッと涙が落ち穴を開けた　女は泣いていた
女は男の話を聞いて泣いていた　そして男を抱いた　男も泣いた

ある男

男は1万2千円を払ったが　これを誰がセックスの対価だと言えるだろう
か
男と　女が　出会い　惹かれ　結ばれ　別れ　at松戸角海老
売春防止法は　泡と涙とともに　排水口から下水に垂れ流された
松戸角海老根本店の　50分総額1万7千円の恋物語だ

［字幕］　刑法第１８５条／賭博をした者は、50万円以下の罰金又は過料に処する。
　　　　ただし、一時の娯楽に供する物を賭けたにとどまるときは、この限りでない。

この刑法は　三所《みところ》攻めを決められ　手も足も出せないまま　機能不全に
陥った
これは　半島にルーツを持つ者たちによる　パチンコ玉を金に換える錬金
術だ

客はパチンコ店から玉を借り遊戯する　これは風俗第4号営業で許容され
てる
客は遊戯の結果として得た出玉を景品と交換する　これも許容されてる
パチンコ屋が風俗営業なのはそのためだ

そして許容されてるのもここまでだ
さてこの景品をどう現金化するか
都合よく目と鼻の先に景品交換所があるわけだが　この業界では　それに関しては　神様のイタズラってことになってる

だから店員に交換所の場所を尋ねると　何とも形容しがたいポーズで指し示す

⊕原則としてパチンコ店側から交換所の存在を明らかにしてはならない。

パチンコ屋と景品交換所の経営者の関係は　三親等以上とされてはいるが
名前だけの経営者を据えて　その実は家族経営で回してるってのもチラホラ
パチンコ屋から受け取った景品を交換所が買い取る　さらにそこに卸業者をカマす
交換所から景品を卸が買い取る　その景品をパチンコ屋が卸から買い取る
ループだ　パチンコをツールに　半島をルーツにしたヤツらが編み出したルールだ
これが三店方式だ　賭博罪は　三所攻めを食らい　苦い土俵の砂を噛《か》んだ

ある男

［字幕］　日本国憲法／第二章・戦争の放棄
第九条　日本国民は、正義と秩序を基準とする国際平和を誠実に希求し、
国権の発動たる戦争と、武力による威嚇又は武力の行使は、国際紛争を
解決する手段としては、永久にこれを放棄する。
②前項の目的を達するため、陸海空軍その他の武力は、これを保持しない。
国の交戦権は、これを認めない。

この憲法は　自衛権をどう定義するかで国論を二分する
解釈は俺の介錯に使え　死刑か　仮釈のない終身刑か
これは俺の物語だ

思えば　物心ついたときにはもう　母親の目つきは尋常じゃなかった
友達は　ママと居間でかるたを　俺の母親は　いまだにカルトを
父親は自ら命を絶ったと話したが　兄も自ら命に終止符を打った
母親は更に信仰にのめり込んだ　一冊3千万という経典が三冊だ
やせ細った妹　栄養失調で遅れる初潮　ドアをノックする児童相談所
俺たちの現世は来世の犠牲　終わらない神学論争　進学も諦めろ

ある男

俺

高校の三年間　人気のなかった俺も　海上自衛官じゃ三年の任期
徴兵制より　志願兵の自衛隊のほうが暴走を起こす危険性があると
田原総一朗が朝までくっちゃべってた　俺に関しちゃ　まぁそうかもな
隣人が　銃を密造してるのと　石井光三オフィスとならどっちがいい？
どの道　灯《とも》ってるのは赤信号　信号を守るのか？　信仰を破るんだ
二世信者と言うらしい俺たちを　地獄を見た血を分けた妹よ
「迷惑をかける　すまない」
この最後のLINEを文春に売って小遣いにでもしてくれ
俺は懐中電灯の光を見つめた　ホワイトアウト　黒い闇から白い闇へ
韓国人が　徴兵を逃れるために視力を落とすよくやる方法だ
あの国よぉ　本当にロクでもねぇモンばっか日本に持って来てくれるよなぁ
壮大な逆恨みのようで　俺は俺の解釈ってやつによってあいつを敵と定義した
憲法第九条は曲解され　俺はパチンコに対し　武力を行使した

（手製の散弾銃を肩から背負う）

（おぼつかない歩き方でパチンコ屋に入店する）
この間　うちの店に　ある男が入ってきた　サングラスをした　恐らく盲目の

ラップ「ぶっ放せ」

登場人物
ある男……あの男

フック

ぶっ放せ　無数に飛び散る弾　ぶっ放せ　卑劣に背後から
ぶっ放せ　カルマの落とし前　ぶっ放せ　ぶっ放せ　（×2）

ある男

不安定な情緒で安定
出自で得たギフトはハンデ
夜は眠れず羊数えて
最後は強めの錠剤を飲んで
もう人生詰んだな　안돼《アンデ》

ⓘ 안돼《アンデ》（駄目）

小説超え壮絶な人生
テレフォン人生相談の先生も着信拒否
身に余る光栄
目に焼きついてるあの光景
首にロープ巻きつけた実兄
同じ方法で立て続け
実父の遺品入れたジップロック
実母は信者　保険金で壺
まんまと教団の思う壺
紀藤《きとう》弁護士どうしましょう
抜け出せないんですよこのドツボ

フック

ぶっ放せ　無数に飛び散る弾　ぶっ放せ　卑劣に背後から
ぶっ放せ　カルマの落とし前　ぶっ放せ　ぶっ放せ　（×2）

ある男

近鉄大和《やまと》西大寺《さいだいじ》駅前ロータリー
黒山の人だかり
元首相来たる
なのに県警の警備は手薄

悪運来たる
日本の未来があんたの肩に
いや違う　俺の肩の銃に
俺の一生とあんたの命
ここは等価交換でいこうや
納得いかねぇ？
なら差額はあの世で文鮮明《ぶんせんめい》に払わせな
教団が頼り教団に頼る
そして今日凶弾に倒れる
いいか俺を崇《あが》めるな
俺が教祖になっちまうだろ
国葬？　そりゃそうだろ
合同でやるのがデフォルトだろ

フック

ぶっ放せ　無数に飛び散る弾　ぶっ放せ　卑劣に背後から
ぶっ放せ　カルマの落とし前　ぶっ放せ　ぶっ放せ　（×2）

第五幕　オレオレ詐欺

オレ

登場人物
オレ……………オレオレ詐欺を企てる役者（女性）
オモニ…………在日の一般的なお母さん

［舞台］　バーテーブルに固定電話が置かれている。

私、声低いじゃないですか。電話してると男性と思われたりすることも結構あって。電話を発明したグラハム・ベルですけど、このベルが最初に電話で話した言葉って知ってますか？　「もしもし。オレオレ。ワトソン君。ちょっと用事があるんだけど来てもらえる？」って、これなんですけど。ワトソン君っていうのはベルの助手なんですけど、で、ワトソン君が行ってみたら、ベルとは別の男が待ってたらしいんですよ。これ、何を意味してるかっていうと、ベルはこのとき電話と同時にオレオレ詐欺も発明してたってことなんですよ。在日って、オレオレ詐欺には絶対に引っかからないって知ってました？

やってみましょうか。（携帯で電話をかける）

固定電話のベルが鳴る。

オモニ　（受話器を取る）もしもし。

オレ　あ、もしもし。オレオレ。お母さん。

オモニ　（電話を切る）

オレ　ほら。もうここで切られちゃうんですよ。で、私発明したんですよ。在日が引っかかるオレオレ詐欺を。（携帯で電話をかける）

固定電話のベルが鳴る。

オモニ　（受話器を取る）もしもし。

オレ　あ、もしもし。オレオレ。オモニ？

オモニ　ごはん食べたの？

［テロップ］食事をしたかしてないのか、これが在日にとって最大の関心ごとである。

オレ　まだ。

オモニ　アイゴ……

［テロップ］アイゴ（아이고）＝どんな用途にも使える便利な感嘆詞。

オレ　民団からオレになんか来てた？

［テロップ］民団＝在日本大韓民国民団／多くの在日韓国人が所属する民族団体。

オモニ　青年部の集まりの案内が来てたよ。あんたも出席して女の子と知り合ってきな。

［テロップ］一世や二世の親世代には同胞同士の結婚を望む声がまだ多い。

オレ　総連からオレになんか来てた？

［テロップ］総連＝在日本朝鮮人総聯合会／多くの在日朝鮮人が所属する民族団体。

オモニ　青年部の集まりの案内が来てたよ。あんたも出席して女の子と知り合ってきな。

［テロップ］ 韓国と北朝鮮は緊張状態にあるが、在日にとってはあくまで同胞であり両国籍の垣根は無い。ハワイに行けるからという理由だけで北朝鮮籍から韓国籍に変えた者も多い。よって民団と総連のどちらにも所属している在日も多い。

オレ　そういえばオモニ。マスターズ見た？

オモニ　見たわよ。あの選手교포《キョッポ》なんだって？

［テロップ］ 교포（キョッポ）＝在日の意味。

オモニ　ゴルフのことはよくわからないけど、一番すごい大会なんでしょ？　そこで優勝するなんて、わたしたちの誇りね。

［テロップ］ 紅白歌合戦のトリを務めたとか、オリンピックの開会式で君が代を歌ったとか、巨人と阪神の両方で4番を打ったとか、日本代表の10番を背負って伝説のフリーキックを決めたとか、在日にとって同胞（帰化した者も含む）の活躍は誇りである。そして、スポーツ・芸事に秀でていると信じている。ただし、その人物が本当に在日であるかどうかの信憑性については、疑わしいケースも多い。

オレ　うちの店でさ。
オモニ　うん。
［テロップ］在日には自営業者が多い。
オレ　うちのパチンコ屋にさ。
オモニ　うん。
［テロップ］在日にはパチンコ店経営者が多い。
オレ　今度ＨＥＩＷＡからヤバイ台が出るんだけどさ。
［テロップ］ＨＥＩＷＡ＝株式会社平和／朝鮮出身の中島健吉が１９６０年に創業した東証プライム上場のパチンコ・パチスロ製造メーカー。
オレ　その台入れたいんだよ。そしたらうちの店も絶対またあの時代みたいになるから。
［テロップ］パチンコ店経営者なら誰しも、すべてがうまく回っていた「あの時代」と呼べる成功体験を持っている。

オモニ　だったらそのＨＥＩＷＡの台入れな。
オレ　それだけの台だからさ、他の店もみんな入れたがるから取り合いなんだよ。
オモニ　なんとかなんないの？
オレ　金村《かねむら》さんって覚えてる？　ＨＥＩＷＡの営業の。
オモニ　あぁ、うちでお昼ごはん食べた子でしょ？

［テロップ］来客にはおしなべて食事を振る舞うのが在日流。

オモニ　オモニの漬けたキムチ、「美味《おい》しい美味しい」っておかわりしたあの子でしょ？

［テロップ］そして先方はそれを喜んで食べたと決めつける。

オレ　そうそうそう。その金村ヒョンニンがさ。

［テロップ］ヒョンニン（형님）＝お兄さん／在日コミュニティでは実兄でなくとも男性同士では年下が年上に対しヒョンニンをつける。

オレ　裏で手回して、その台うちの店に入れてくれるっていうんだよ。

オモニ　アイゴ……いい人じゃない。

オレ　でさ、その金村ヒョンニンってのがさ、柏にある「美人パーティー」っていうコリアンクラブの女にハマっちゃっててさ。

［テロップ］在日あるある。

オモニ　アイゴ……

オレ　で、結婚するって言うんだよ。

［テロップ］在日あるある。

オモニ　アイゴ……なにをバカなことを……

［テロップ］オモニ世代には水商売で出稼ぎにくる韓国人女性をやたらと蔑《さげす》んで見る傾向がある。

オレ　で、聞いたらさ、その女がさ、韓国に旦那と子供を置いて出稼ぎに来てたらしくてさ。

［テロップ］在日あるある。このエピソードが作り話の可能性大であるということ含めての在日あるある。

オレ　で、その旦那っていうのがさ、二千万出すんなら子供も自分で引き取って育てて別れてやるって言ってるらしくって。

［テロップ］在日あるある。このエピソードが作り話の上塗りの可能性大であるということ含めての在日あるある。

オモニ　アイゴ……

オレ　で、二千万払ってでもそのコリアンクラブの女と結婚したいっていうんだよ。

オモニ　アイゴ……金村君のオモニは泣いてるよ。

オレ　そう、だから自分の親には頼めないって言うんだよ。そうすると親にも頼めないし、二千万なんて工面できないって。

オモニ　苦労して育てて、なんでそんなハング女に……

［テロップ］ハング（한국）＝韓国。

オレ　これ、金村ヒョンニンにとっちゃピンチなんだけどさ、うちの店にとって

はチャンスなのよ。もしこの二千万をうちでなんとかするなら、裏から
そのパチンコ台回してくれるって。そういう相談なわけよ。

オモニ　そんなことやめな！　そんなハング女と結婚させちゃダメ。

オレ　オモニ。そのＨＥＩＷＡの台はすごいよ。モンスターだよ。またあの時代
が来るんだよ。

オモニ　……トン、いつまでに用意すればいいの？

［テロップ］トン（돈）＝お金

オレ　その韓国の旦那っていうのの気が変わらないうちらしいんだけど。

オモニ　だからいつよ。

オレ　なんでも、今日と明日で言うことがコロコロ変わるようなヤツらしくてさ。

オモニ　つまり今日ってことね。あんた今どこに居るの？

オレ　組合の会議なんだよ。来年からのインボイスの件でさ。オモニさ、ハナで
定期やってない？

［テロップ］ハナ＝ハナ信用組合／在日系が母体の金融機関。日本の金融機関に比べ
利回りがよく在日の顧客を多く抱える。

オモニ　やってるよ。［テロップ］ある程度の資産を持つ在日であれば、ハナで定期を組んでいる。

オレ　横浜幸銀は？　定期。［テロップ］横浜幸銀＝横浜幸銀信用組合／在日系が母体の金融機関。日本の金融機関に比べ利回りがよく在日の顧客を多く抱える。

オモニ　やってるよ。［テロップ］ある程度の資産を持つ在日であれば、幸銀で定期を組んでいる。

オモニ　一千万ずつ。［テロップ］しかし、破綻のリスクもそれなりに高いだろうと見込み、額は預金保証となる一千万までに留めておくのがセオリー。

オレ　ビンゴ。これからさ、オレのウリハッキョの同級生でさ。

[テロップ] ウリハッキョ (우리학교) =東京朝鮮中高学校などの朝鮮式の教育を行なう学校を指す。

オレ ソンミっていたの覚えてる?

[テロップ] ソンミ=クラスに一人はいる韓国女性の一般的な名前。

オモニ ソンミさん? ……なんとなくねぇ……

オレ そのソンミがさ、横浜幸銀に務めてんだよ。船橋《ふなばし》の。

オモニ あらそうなの。

オレ ソンミそっち行かせるから、印鑑とか渡してもらえたらソンミのほうで定期の解約できちゃうみたいだからさ。

オモニ わかったよ。

オレ ありがとうね、オモニ。パチンコ。店、またよくなるから。

オモニ うん。

オレ じゃあね。

オモニ あんたちゃんとごはん食べるのよ?

オレ うん。じゃあ切るよ。

二人　（電話を切る）（サングラスをかける）

オレ　電話の声とはまるで別人のような女性的な声色でオモニの元に現われる。

オレ　あぁ、オモニ。

[テロップ]　在日コミュニティでは同胞は家族共同体と捉えているため実の母親でなくてもオモニと呼ぶ。

オレ　アンニョンハシムニカ。オレンマニムニダ。

[テロップ]　アンニョンハシムニカ（안녕하십니까）＝ごきげんいかがでしょうか。オレンマニムニダ（오랜만입니다）＝お久しぶりです。

オレ　ソンミです。

オモニ　あぁ、ソンミさん。

オレ　印鑑をお預かりに参りました。

オモニ　ご苦労さま。あなた。本当にソンミさん？

オレ　イェ。

［テロップ］イェ（예）＝はい

オモニ　どうしてサングラスしてるの？

オレ　目を整形したばかりで、まだ糸が残ってるんです。

［テロップ］日本人に比べ、整形はカジュアルに行なわれる。

オモニ　（この段階でト書きするが、登場からずっとサングラスをしている）わたしは糸は抜けたんだけど、腫れが引かないのよ。

［テロップ］日本人に比べ、整形はカジュアルに行なわれる。

オモニ　一緒かしら。麻生先生のとこ？

［テロップ］麻生泰／在日を公言している東京美容外科院長。

オレ　イェ。

オモニ　じゃあ、お願いね。（印鑑を差し出す）
オレ　お預かりします。（印鑑を受け取る）シレハゲッスムニダ。
　　　［テロップ］シレハゲッスムニダ（실례하겠습니다）＝失礼いたします。
　　　（帰ろうとする）
オレ　ねぇ。
オモニ　イエ。
オレ　あなた。イルボンサランでしょ。
オモニ　［テロップ］イルボンサラン（일본 사람）＝日本人。
オレ　どうしてですか？
オモニ　知ってるもん。あなたのこと。柳美里《ゆうみり》さんとこの役者さんでしょ？　わたし柳さんの舞台全部見てるから。在日の誇りだもん。それ持って行っていいから。早く行きな。

ラップ「特殊詐欺グループ東葛スポーツ」

登場人物
舞台…………舞台役者
TV…………テレビタレント

フック

受話器の向こうのオレは誰　受話器を握ってるのはお前
なら今ラップしてるのは誰の誰　舞台俳優の成れの果て
プルルル　プルルル　オレオレオレオレ
プルルル　プルルル　オレオレオレオレ
プルルル　プルルル　オレオレオレオレ
舞台を見たら泥棒と思え

舞台

ヘネシーの瓶でも　中　麦茶

フック

首に巻くゴールドもジルコニア
借りてきた猫と乗る　借りてきた
ロールスロイスもタイムズカーシェア
セットに小道具モノローグ
舞台は虚構のフルコース
騙してなんぼの嘘つき通す
お客それ見て涙こぼす
特殊詐欺グループ東葛スポーツ
５００の動員に嘘八百
騙すより騙されるほうがいい？
ならケツの毛まで抜くそれでいい？
舞台の嘘ならまだ可愛い
でも裏の素顔はちょっと怖い
パワハラセクハラ常習チラホラ
文化庁お抱えの演出家

受話器の向こうのオレは誰　受話器を握ってるのはお前
なら今ラップしてるのは誰の誰　テレビタレントの成れの果て
プルルル　プルルル　オレオレオレオレオレ

TV

プルルル　プルルル　オレオレオレオレ
プルルル　プルルル　オレオレオレオレ
テレビを見たら泥棒と思え

朝ドラでブレイクしたかも
ハイありますね自覚症状
テレビつけりゃ出てる俺今日も
引越しのサカイですどもどうも
セルアウトしたただどうのこうの
言わせておきゃいいどうぞどうぞ
お前に漂う文学性の根拠
売れてねぇってだけだぞ本当
ケンミンSHOW福島代表
爆笑の田中さんとも談笑
ワイプで抜かれるあの表情
名物食って今日イチのリアクション
ウソで大げさまぎらわしい
なぁそう言いてんだろ？　お前だよJARO
(有) ジャングルから振り込まれる額7桁の

フック

嘘から出たまこと

受話器の向こうのオレは誰　受話器を握ってるのはお前
なら今ラップしてるのは誰の誰　舞台俳優の成れの果て
プルルル　プルルル　オレオレオレオレ
プルルル　プルルル　オレオレオレオレ
プルルル　プルルル　オレオレオレオレ
舞台を見たら泥棒と思え

第六幕　純金積立

登場人物
客……………資産運用を考えている女
職員…………とある機関の職員

［テロップ］　純金積立

客　すみません。
職員　いらっしゃいませ。
客　純金積立について伺いたいんですけど。
職員　はい。ご資産の運用をお考えですか？
客　お金を銀行にただ預けて置いておくなんて本当のクソバカだとかって、最近みんな言うじゃないですか。貯金なんてものは、お金が増えないどころじゃないんだぞと。むしろ減ってるんだってところにまず気づけって。厚切りジェイソンとかも言ってるじゃないですか。

Act VI: Pure Gold Reserve
NISA

職員　おっしゃってますね。

客　だからといって、つみたてＮＩＳＡはやりたくないんですよ。今の私だと、積立に回せるのが月に1万円が精一杯なんです。金融庁のサイトでシミュレーションしてみたら、月1万だと10年間続けて元金が１２０万になって、それで出る収益が19万7千円なんです。周りでもつみたてＮＩＳＡやってる人チラホラいるんですけど、みんな凄いしたり顔してくるじゃないですか。コロンビア大学でＭＢＡでも取ってきたような顔してくるじゃないですか。それで、私が後発でＮＩＳＡ始めようものなら、「満を持してご参入ですか？」って。「うちらが切り開いた荒野を、こりゃ安全だとわかった途端にハイヒールでお出ましかい」とかって、絶対したり顔してくるじゃないですか。

たかがですよ？　金融庁お墨付きの「バカチョン投資」って言われてるつみたてＮＩＳＡをですよ？　私よりたった一日でも早く始めたくらいで、10年間その連中にしたり顔されるかと思うと……

あれ？　「バカチョン」って言っちゃいけないんでしたっけ？　言っちゃダメになって、またよくなったんでしたっけ？　あれ？　……それで、私そのしたり顔のストレスにどうやら耐えられそうにないんですよ。そのストレスのせいで過敏性腸症候群とかになりますよね。

私の計算だと、そっちの治療費とか低ＦＯＤＭＡＰ《フォドマップ》っていう食生活改善に

職員　あてる費用だとかのほうが、10年間で見るとつみたてＮＩＳＡの収益を楽々と超えてきちゃうんですよ。

客　悩ましいですね。

それで純金積立に興味を持ったんです。金って、世界中の金を全部集めてもオリンピックプール４杯分しかないとか言うじゃないですか。だから貴重で価値が下がらないって。有事のときこそ価値を発揮するディフェンシブな資産だって。

今年の４月18日でしたっけ？　1グラム８８４３円っていう金の史上最高値が出て……

職員　（遮って）お客さま。

客　はい。

職員　お客さまが今お話されてるのは、純金積立でいらっしゃいますよね？

客　はい。

職員　田中貴金属さんとか、三菱マテリアルさんとかでやられてる。

客　はい。え？

職員　申し訳ございません。私どもでは、あいにく純金積立のほうは取り扱っておりませんで。

客　え？　だってそこに書いてあるじゃないですか。純金積立って。これ見て入ってきたんですけど。

［テロップ］純金積立

職員　申し訳ございません。　読み方が違うんです。
客　はい……
職員　こちら、ジュンキムツミタテとお読みします。ウリマルでいきましょうか。
客　ウリマル？
職員　朝鮮語です。スンキムチョンニッ。純はウリマルでスンと言います。スンドゥプってご存じですか？
客　お豆腐の辛いやつですよね。大好きですよ。
職員　スンドゥプチゲ、私も大好きです。スンドゥプって、漢字で純豆腐とかって書いてあったりするのご存じないですかね？
客　あぁ、メニューに書いてありますね。
職員　スンドゥプのスンです　金はゴールドの金ではなく金氏の金です。朝鮮の姓です。キム誰々さんってたくさんいらっしゃると思うんですけど。例えば、キム……

客　……ヨナとか。
職員　ま、そうですね。南ですけどね。では、最も純度の高いキムというと？
客　純度ですか？

職員 そうです。ゴールドで言えば、18金、22金と純度を上げて、そして混合物を一切含まない純金の24金のように、最も純度の高い混じりっけのないキムです。

客 キム……

職員 金正恩《キム・ジョンウン》総書記でしょう。私ども朝鮮総連でご提案させて頂いてるスンキムチョンニッでは、お客さまからお預かりした大切なお金を朝鮮民主主義人民共和国に送金し、その金額分に応じた核をお客さまに保有して頂きます。
ゴールドと核。資産価値としてどちらが優秀かお考え下さい。
私ども、多くの同胞がパチンコ業界におります。あるホールの社長が先日話していました。パチンコ屋は、これからはもう建てられないよ、って。
半径何キロ以内に学校があっちゃダメだとか、病院があっちゃダメだとか。
すっかり悪者にされて近隣住民も反対するしって。
核も、現在の保有国以外ではもう持てないでしょう。世界でたったの9カ国です。我が祖国も入れて。

客 積立、月いくらからできるんですか？

職員 月額3千円からお受け致しております。

客 月1万円でお願いします。

職員 かしこまりました。ご契約の前に、まずお客さまが反社会勢力でないかどうかの確認だけ取らせて頂いてもよろしいでしょうか。お前が言うなって？
もしお時間ありましたら、ご成約後にぜひ平壌《ピョンヤン》冷麵をお召し上がり下さい。

A

ラップ「NISA」

登場人物
A……………Aパート担当
B……………Bパート担当

捨てろNISA　捨てろMISIA　君が代ばっか
捨てろNASA　月夜の晩ばっかじゃないやっぱ
葉っぱばっか　吸ってるラッパーでかけろ発破
捨てろ◯児の母　捨てろコメンテーター紹介あのスーパー
捨てろNIKEダンクLOW　どこに捨てんの　処理水タンクを
捨てろアーカイブ　捨てろ見放題　時間はない
捨てろ弊社　捨てろ御社に温情はない
捨てろJ民党　同性婚より合同婚

捨てろヒーロー　誹謗中傷の2ちゃんのひろ
捨てろZOZO　捨てるな創造　仕掛けろ早々
捨てろ核捨てろ　核拡散防止条約
捨てろ捨てろ言うヤツからまず捨てろ

フック

ここに捨てろ　見ててやるよここに捨てろ
ここで捨てろ　見てる前でここで捨てろ
何が残る　何が消えて何が残る
誰が残る　誰が消えて誰が残る

B

¥《えん》は暴落　危機を煽る　またエコノミスト儲かる
フェミニスト自称するフェイクが戯曲賞受賞する
リダイヤルに119番がズラリ今日も自傷する
パチ屋駐車場わが子置き去り死なせ自首する
ビギナーズラック仕組まれた罠
仕込まれた裏ロムで出玉を操作
パチに人生狂わされたママ
バチが当たり目が覚めたママ

フック

ここに捨てろ　見ててやるよここに捨てろ
ここで捨てろ　見てる前でここで捨てろ
何が残る　何が消えて何が残る
誰が残る　誰が消えて誰が残る

A

積み立て捨て爪を立てろ　ラッパーの恥は掻き捨て
掛け捨て捨て書くだけ
1ステ　デーマンのギャラでね
保険かけるヤツらに　イケてる歌詞書けねぇ
生保無しの補正無しのボカシ無しの無修正

デーマン＝2万。

B

失うものは何もねぇって言いがちなヤツはガチじゃねぇ
いつ死んでも悔いはねぇって言いがちなヤツはガチじゃねぇ
舞台で死ねりゃ本望って言いがちなヤツはガチじゃねぇ
舞台じゃ食えねぇ本当って言いがちなあたしガチギレ

A

落としたのは　金の斧ですか？
それとも銀の斧ですか？　落とした議員も比例で復活祭

B

落としたんじゃねぇ捨てたんだ　隠しポケットAOKI　不紳士服
落としたんじゃねぇ捨てたんだ　みなし公務員の身だしなみ

A

捨てろ角　KADOKAWAの角も取れて丸くなったろ
捨てろ桶屋　風吹かなくても電通が儲かる
捨てろ痛風　電通風吹いても痛くも痒《かゆ》くもない
捨てろ敷居　跨げば七人のイエスマンあり
捨てろ断捨離　言いたいことはそんなんじゃない
捨てろ命乞い　命5位じゃ4位と3位と2位1位は何
捨てろパチ　パチ屋の演劇見たくもない
捨てろ捨てろ言うヤツからまず捨てろ

フック

ここに捨てろ　見ててやるよここに捨てろ
ここで捨てろ　見てる前でここで捨てろ
何が残る　何が消えて何が残る
誰が残る　誰が消えて誰が残る

第七幕　アボジ

登場人物
俺…………パチンコ屋が家業の在日三世、演劇ユニット東葛スポーツの主宰
アボジ………俺のアボジ

［舞台］　中央に病院のベッドが置かれている。

アボジ　（酸素マスクをつけられた状態でベッドに横たわっている）

俺　（ベッドの前の椅子に座っている）

俺　令和４年５月13日　奇しくも13日の金曜日
俺は思い出した
星美《せいび》学園小学校のとき
通称名は使わず金の苗字で通い

出席番号は誕生日順で13番
あだ名は13日の金曜日
病院から家族に集まるようにとの電話
柏の葉国立がんセンター　一日9万円の特別室
金山達雄こと金鐘煥《キム・ジョンファン》の意識はまだかすかに
2月に癌が発覚し　4日前に容態が急変し
この呼吸になったらもって一日でしょう
がんセンターの医師の言葉には　余計な装飾も希望の余地もない
息子は着の身着のまま　幼稚園指定のエプロンをつけたまま
口元にまだ　給食のケチャップをつけたまま
おじいちゃんの手を握ってあげてとママ
息子は言われるまま　アボジの手を握る
これが最後になるとは思いもよらぬまま
息子が通うのは　柴又帝釈天《しばまたたいしゃくてん》にある幼稚園
『男はつらいよ』に登場する御前様のあの幼稚園
園バスが無いのはネック　でも葛飾柴又をREP
寅さんが大好きなアボジへの俺がした数少ない親孝行
察するに恐らく裏口入学だったろう
東洋高校商業科を卒業後すぐに家業

今もなおパチンコ屋が家業
①一家の生計のための職業／生業　②家代々の職業
これが広辞苑で引くところの家業
岩波書店の見解よりも　もっと血生臭い
怨念うごめく　因縁めいたもの
それが俺が思うところの家業
俺は家業の傍ら　演劇をやってるが
アボジにも　2年前に死んだオモニにも
悟らせなかった　微塵にも
俺が思うところ　演劇とは
親にコソコソやって　そこその評価を得るもの
これも岩波書店と見解を画す
そのとき　俺とアボジ　病室には二人
多分誰も信じない　無理もない
でもそのとき確かにアボジは起き上がり

アボジ
（ベッドから上半身を起こす）
（鍵を差し出す）

アボジ

貸金庫の鍵だ　これを持って今から京葉銀行の柏支店に行け
暗証番号は×××
いいか　アボジは明日には死ぬ
アボジが死んだことが銀行に知れたら　貸金庫は開けられなくなる
今日は金曜日だ
その貸金庫は土日は開けられない
月曜になれば銀行はアボジ名義のものすべてを止める
だから行け　夕方6時までだ　まだ間に合う　行け
中身のものをどうするかはお前が決めろ　行け

（鍵を息子に託す）
（再び静かにベッドに横たわる）

俺

俺はアボジの言う通りにしたし
アボジの言う通りになった
日付が変わって5月14日
午前1時24分
金鐘煥が息を引き取る

死亡診断書（~~死体検案書~~）

この死亡診断書（~~死体検案書~~）は、我が国の死因統計作成の資料としても用いられます。かい書で、できるだけ詳しく書いてください。

	氏名	金山　達雄	男性	生年月日	昭和21年5月16日（生まれてから30日以内に死亡したときは生まれた時刻も書いてください）午前　時　分
	死亡したとき	令和 4 年 5 月 14 日　午前 1 時 24 分			
(12)(13)	死亡したところ及びその種別	死亡したところの種別	①病院　2 診療所　3 介護医療院・介護老人保健施設　4 助産所　5 老人ホーム　6 自宅		
		死亡したところ	千葉県柏市柏の葉６丁目５番地１		
		（死亡したところの種別1～5）施設の名称	国立研究開発法人国立がん研究センター東病院（　　）		
(14)	死亡の原因 ◆Ⅰ欄、Ⅱ欄ともに疾患の終末期の状態としての心不全、呼吸不全等は書かないでください ◆Ⅰ欄では、最も死亡に影響を与えた傷病名を医学的因果関係の順番で書いてください ◆Ⅰ欄の傷病名の記載は各欄一つにしてください ただし、欄が不足する場合は（エ）欄に残りを医学的因果関係の順番で書いてください	Ⅰ（ア）直接死因	肺癌	発病（発症）又は受傷から死亡までの期間 ◆年、月、日等の単位で書いてください。ただし、1日未満の場合は、時、分等の単位で書いてください。（例：1年3か月、5時間20分）	2ヶ月
		Ⅰ（イ）（ア）の原因			
		Ⅰ（ウ）（イ）の原因			
		Ⅰ（エ）（ウ）の原因			
		Ⅱ 直接には死因に関係しないがⅠ欄の傷病経過に影響を及ぼした傷病名等			
		手術 ①無　2 有	部位及び主要所見	手術年月日	
		解剖 ①無　2 有	主要所見		
(15)	死因の種類	①病死及び自然死 外因死　不慮の外因死 ｛2 交通事故　3 転倒・転落　4 溺水　5 煙、火災及び火焔による傷害　6 窒息　7 中毒　8 その他｝ その他及び不詳の外因死 ｛9 自殺　10 他殺　11 その他及び不詳の外因｝ 12 不詳の死			
(16)	外因死の追記事項	傷害が発生したとき	令和・平成・昭和　年　月　日　午前・午後　時	傷害が発生したところ	都道府県　市郡　区町村
		傷害が発生したところの種別	1 住居　2 工場及び建築現場　3 道路　4 その他（　）		

記入の注意

生年月日が不詳の場合は、推定年齢をカツコを付して書いてください。

夜の12時は「午前０時」、昼の12時は「午後０時」と書いてください。

「5老人ホーム」は、養護老人ホーム、特別養護老人ホーム、軽費老人ホーム及び有料老人ホームをいいます。

死亡したところの種別で、「3介護医療院・介護老人保健施設」を選択した場合は、施設の名称に続けて、介護医療院、介護老人保健施設の別をカッコ内に書いてください。

傷病名等は、日本語で書いてください。Ⅰ欄では、各傷病について発病の型（例：急性）、病因（例：病原体名）、部位（例：胃噴門部がん）、性状（例：病理組織型）等もできるだけ書いてください。

妊娠中の死亡の場合は「妊娠満何週」、また、分娩中の死亡の場合は「妊娠満何週の分娩中」と書いてください。産後42日未満の死亡の場合は「妊娠何週産後満何日」と書いてください。

Ⅰ欄及びⅡ欄に関係した手術について、術式又はその診断名と関連のある所見等を書いてください。紹介状や伝聞等による情報についてもカツコを付して書いてください。

「２交通事故」は、事故発生からの期間にかかわらず、その事故による死亡が該当します。
「５煙、火災及び火焔による傷害」は、火災による一酸化炭中毒、窒息等も含まれます。

「１住居」とは、住宅、庭等をいい、老人ホーム等の居住施設は含まれません。

死　亡　届

受理　令和　年　月　日 第　号	発送　令和　年　月　日
送付　令和　年　月　日 第　号	長印

書類調査	戸籍記載	記載調査	調査票	附票	住民票	通知

令和　年　月　日届出

長殿

(1)	(よみかた)	氏 かねやま　名 たつお
(2)	氏名	金山　達雄　☑男　□女
(3)	生年月日	昭和21年5月16日（生まれてから30日以内に死亡したときは生まれた時刻も書いてください）□午前 □午後　時　分
(4)	死亡したとき	令和4年5月14日　☑午前 □午後　1時24分
(5)	死亡したところ	千葉県柏市柏の葉6-5-1　番地 番　号
(6)	住所（住民登録をしているところ）	流山[redacted]　番地 番　号 世帯主の氏名　金山　達雄
(7)	本籍（外国人のときは国籍だけを書いてください）	韓国　番地 番 筆頭者の氏名
(8) (9)	死亡した人の夫または妻	□いる（満　歳）　いない（□未婚　☑死別　□離別）
(10)	死亡したときの世帯のおもな仕事と	□1. 農業だけまたは農業とその他の仕事を持っている世帯 ☑2. 自由業・商工業・サービス業等を個人で経営している世帯 □3. 企業・個人商店等（官公庁は除く）の常用勤労者世帯で勤め先の従業者数が1人から99人までの世帯（日々または1年未満の契約の雇用者は5） □4. 3にあてはまらない常用勤労者世帯及び会社団体の役員の世帯（日々または1年未満の契約の雇用者は5） □5. 1から4にあてはまらないその他の仕事をしている者のいる世帯 □6. 仕事をしている者のいない世帯
(11)	死亡した人の職業・産業	（国勢調査の年…令和　年…の4月1日から翌年3月31日までに死亡したときだけ書いてください） 職業　　産業
	そ	

記入の注意

鉛筆や消えやすいインキで書かないでください。

死亡したことを知った日からかぞえて7日以内に出してください。

死亡者の本籍地でない役場に出すときは、2通出してください（役場が相当と認めたときは、1通で足りることもあります）。2通の場合でも、死亡診断書は、原本1通と写し1通でさしつかえありません。

「筆頭者の氏名」には、戸籍のはじめに記載されている人の氏名を書いてください。

内縁のものはふくまれません。

□には、あてはまるものに☑のようにしるしをつけてください。

死亡者について書いてください。

俺

病室に響くのはすすり泣く声ではなく
長男と次男　兄二人の怒号
早くも相続争いの火蓋《ひぶた》は切って落とされたらしい
アボジが俺に貸金庫の鍵を渡したのも頷けた
アボジは遺言として公正証書を残していた

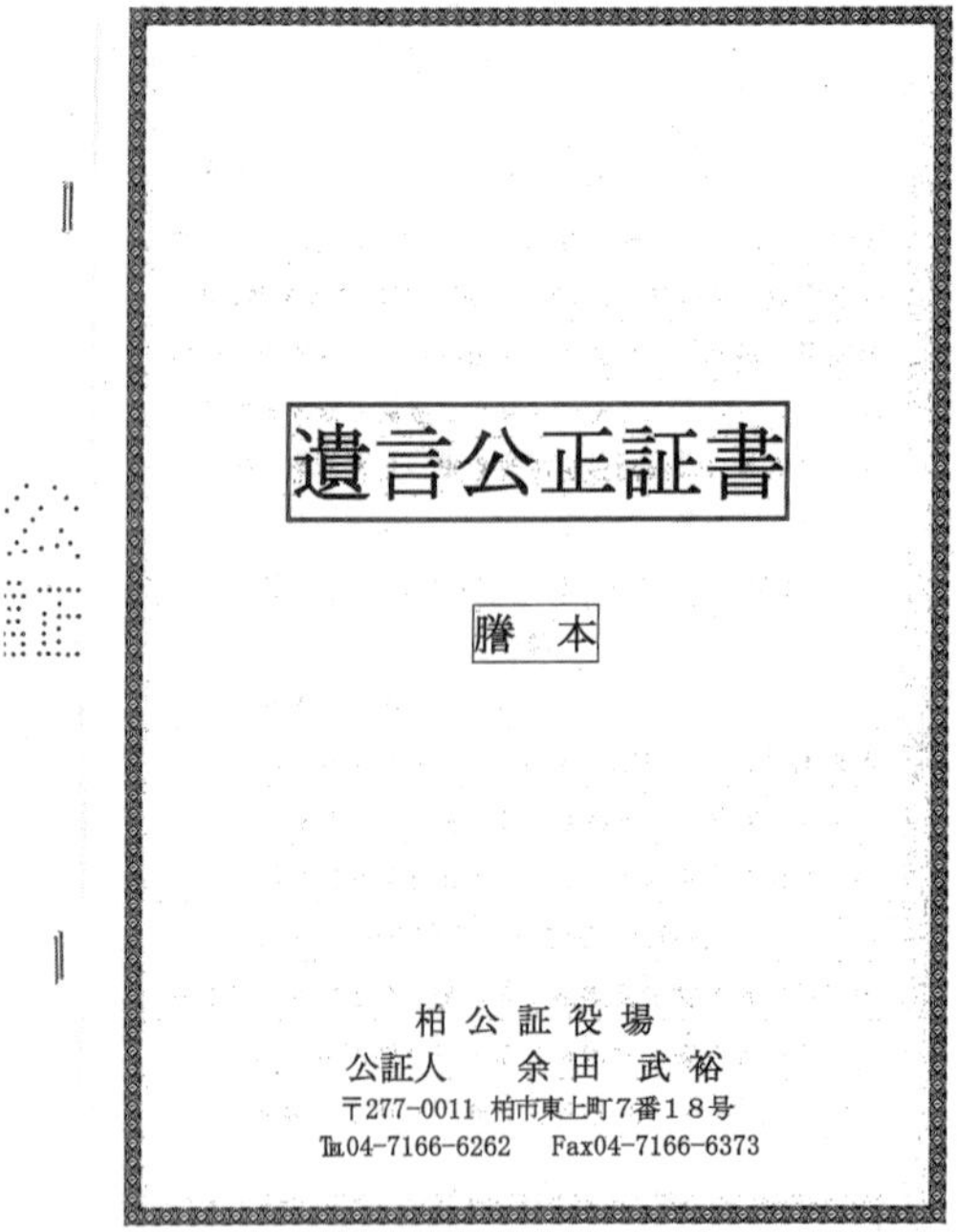
公証

遺言公正証書

謄本

柏公証役場
公証人　余田　武裕
〒277-0011 柏市東上町7番18号
TEL04-7166-6262　Fax04-7166-6373

俺

遺留分減殺請求をせず
兄弟3人で協力して生活していくことを望む

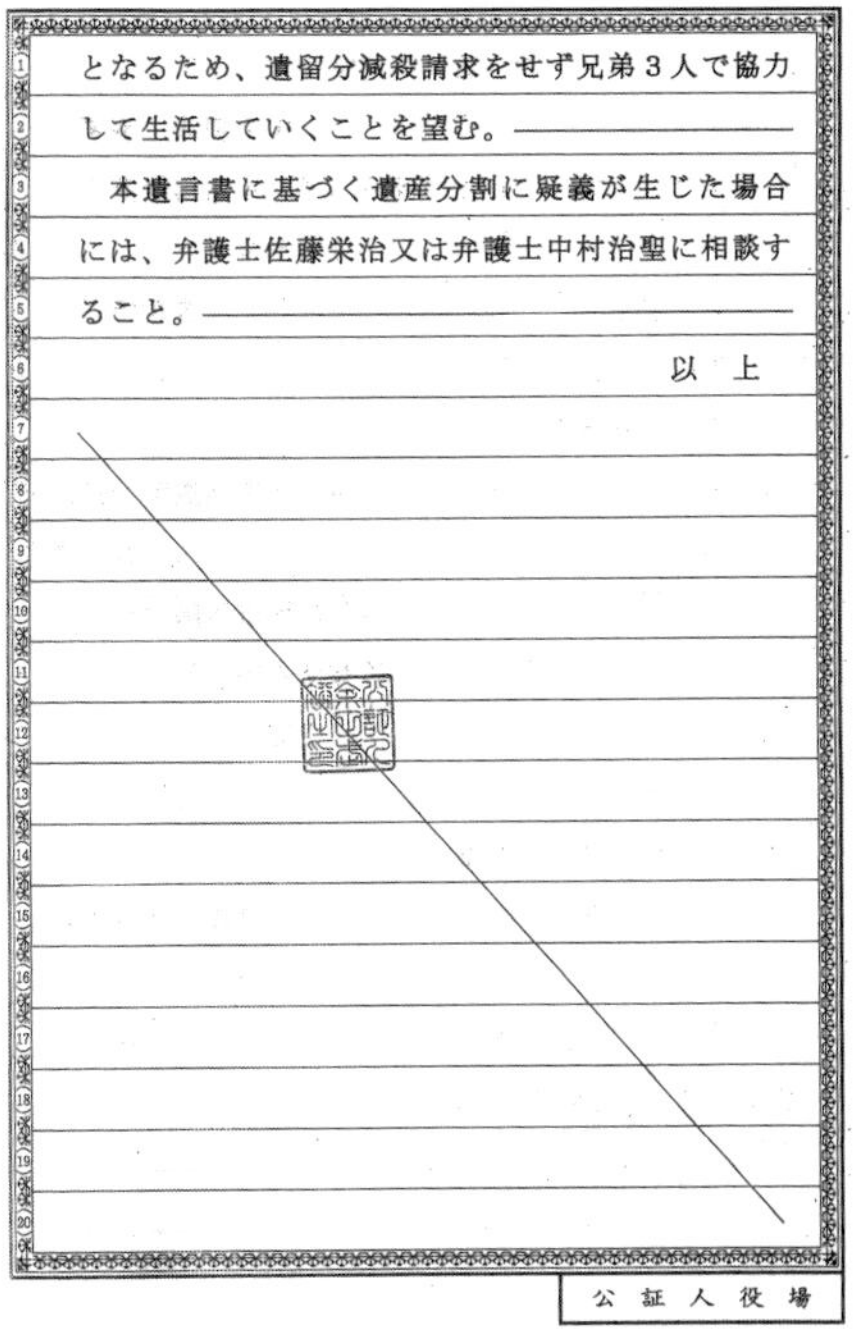

となるため、遺留分減殺請求をせず兄弟３人で協力
して生活していくことを望む。――――
　本遺言書に基づく遺産分割に疑義が生じた場合
には、弁護士佐藤栄治又は弁護士中村治聖に相談す
ること。――――
以　上

公証人役場

俺

これがアボジの最後の望み

俺

指紋押捺《おうなつ》制度
日本に在留する外国人は
外国人登録証明書の交付と引き換えに　左手人差し指を差し出す
俺も16歳になったとき
まるで犯罪者かのように指紋を採取された
現在　差別的なこの制度は廃止されている
あれ以来か　俺は再び左手人差し指を差し出した
俺名義の貸金庫は　指紋認証によって開くんだよ

（左手人差し指を差し出す）

[舞台]　床面から貸金庫が迫《せ》り上がる。

俺

（貸金庫の蓋を開ける）

客席から貸金庫の中身を確認することはできない。

貸金庫の中から金色の光が漏れている。

俺　ここには　あの日　アボジの貸金庫にあったものすべてが
手つかずのままに

［舞台］頭上から数玉のパチンコ玉が降ってくる。

［舞台］次第に無数のパチンコ玉が舞台に降り注ぐ。

俺　（パチンコ台に座りパチンコを打つ）

［舞台］パチンコ玉が床面を打ちつける音とパチンコのフィーバーの音が会場に響く。

第八幕　アウトロ

後説

登場人物
後説……後説の担当者

この亡くなったお父さんですが、決して人の悪口は言わない人だったらしいです。

いや、嘘、言ってたらしいです。

日本人の悪口をすごい言ってたらしいです。

ここの主宰に帰化しないんですか？　って聞いたら、日本の選挙の一票より、韓国の大統領選挙の一票持ってたほうが面白いからまだいいやって言ってました。

主宰のすぐ上のお兄さんが帰化申請してたらしいんですけど、自分のとこの経営してる会社の社員を社会保険に入れてなかったらしくって、それではじかれたらしいです。

そりゃそうですよね。

結構いろんな人から「続編いつやるんですか？」って聞かれるんですけど、このタイトルについてる『パチンコ（上）』の上《じょう》なんですけど、これあの、上カルビとか上タン塩とかの上で、上下の上じゃないんですよ。

それかパチンコにすればよかったんですかね。

上パチンコ特上とか。

パチンコ並とか。

それなら間違える人もいなかったと思うんですけど。

配信とか再演に興味がないので終わったらそれっきりなんですけど、今度主宰のパチンコ屋の新装開店のイベントで一回きり上演しようかって話が出てまして。

ウケないとは思うんですけど。

本日はありがとうございました。

ラップ「PACHINKO」

登場人物

A……………Aパート担当
B……………Bパート担当
C……………Cパート担当
D……………Dパート担当

A

未だノートは白紙　プレッシャーでたまに吐くし
二週間後には初日　ようこそ尻に火
よそのラップにあくび　俺歌詞に課すノルマ白眉
嫁に家事と育児　POLA化粧水は詫びに
三週間後には楽日　堪能生みの苦しみ

B

興味がねぇよ蔵出し　今日日を書き即出し
個人情報のモロ出し　プライバシー量り売り
白紙ノートがびっしり歌詞白日の下に晒し
ここで見えるリアルは　葛飾区で書くしか
身バレするかビビるか　画しそれで勝てるか？
作り話が　見たきゃ三鷹か　よその星をあたりな
この東の端と二極化
残るラップは　これを入れて2曲か
出し惜しみも負け惜しみもシミ抜きしてやるから
俺らイロモノ　混ぜて洗いな
四の五の言う白物　色つけて返したるから

レペゼンする分ペイ区民税　多勢に無勢じゃなきゃつまんねぇ
家系《いえけい》じゃちとパンチが足んねぇ　脛《すね》に傷持つパチ屋の家系《かけい》
人のドツボが飯の種　突き落とす地獄絵図やむを得ず
生活保護年金食い潰す　ケツの毛まで抜く骨までしゃぶる
P《ピー》A《エー》C《シー》H《エイチ》I《アイ》N《エヌ》K《ケー》O《オー》
PACHINKO

C

地元金町新型ノア納車待ち　フルオプ法人名義
半導体不足で台本も遅れる　そろそろ降りる金町で神待ち
紙に羅列ただの言葉たち　役者たちの息吹で立ち上がり
パチパチに火花散らし　お客の鼓膜と魂を無限燃やし
ゴト師と国税がパチ屋の敵　想像超えてくるか相続税
さっきの京葉の貸金庫　グレーにくれぐれもここだけの話
よそのフィクションに食傷気味　こっちの日常を超えてこねぇんだよ
リアルに過ごすただの毎日が　ギリシャ神話でシェイクスピア
P A C H I N K O
P A C H I N K O

D

在日在日って第一　明らかにここはアウェイじゃないし
在特会も押しかけなければ右翼の街宣車も素通りだし
リテラシー高いお客相手に　照らし合わせてひけらかし
在日ネタかましてやったぜってそれこそバカでもチョンでもできるし
さあどうする　自分でひっくり返したこのちゃぶ台
チラシ刷らず当パン無し　証拠残さず得意のヤリ逃げか？
続編はやりませんじゃねぇ　本当は怖くてやれねぇんだろお前
さあどうする　この広げた風呂敷さあどう畳む

さあどうする　武器のはずの銃の銃口がこめかみに
帰化するか？　簡単だろ　帰化するかそして気化するか
P A C H I N K O
P A C H I N K O

ラップ「自己紹介」

登場人物
宮崎………出演者の宮崎吐夢
森本………出演者の森本華
名古屋……出演者の名古屋愛
川崎………出演者の川崎麻里子
板橋………出演者の板橋駿谷

（第七幕でアボジを演じたままベッドに横たわっている）

宮崎　おもむろに起き上がり、ベッドの中に隠してあったストロングゼロを開け、一口飲む。

宮崎

エイ　お先にロング缶ストロングゼロ
アル中じゃねぇ　ある種のアティチュード
幕閉まるまでまるで薬師丸　ひろ子のおちょぼ口して我慢する
それできりゃ入ってねぇ大人計画　踏み外したから舞台踏んでる
落伍者の俺に何期待してる？　ストロングゼロにモラル盛られる
下ネタやり辛くて悲しむ吐夢　自主規制表現者に憂うる虚無
でもやっぱ下ネタ躊躇する吐夢　香川照之はおっぱい揉む
昭和のノリVSマイノリティ
令和対応型下ネタ　インボイス　対応型淫ボイス
奥方殿方吐夢からの
まだよ　sit down　（×4）

森本

ホントみんな好きだね「いつ高」　みんなまだそこ？
名作でも過去あたし別のとこ
ノスタルジーに浸る貧乏ヒマなし　額に汗垂らし個人事業主
昔話に花咲かしてるヒマもなし　華バイトだし
甚だしい現実と華々しい　この舞台とタイ行って屋台でパッタイを
ネクタイと　会社の悪態　たまにゃ忘れたいって人のお手伝い
エンタメに徹し　よそを敵視　舞台でラップやってますわたし

名古屋

いけしゃあしゃあとよく言うわあたしに　来いよ足立に稽古場１に
格の違いじゃない覚悟の違い　お前のラップ　アップにもならねぇ
来週国葬そればっかで凄そう　文学少女あたし読書して過ごそう
左右の分断ど真ん中へ文壇　イデオロギーの主張より神保町
財布火の車でも紀伊國屋　都民ファーストにガッカリでもブックファースト
一日一善　プラス丸善　アマゾンじゃ味気ないじゃん全然
早稲田文学部卒　俗世間に属さず青年団の一兵卒
卒なく就職する敷かれたレール　選んだのはこっちイカれたレール
生涯年収　じゃねぇ勝負は生涯に貰うカーテンコールの拍手
幸薄そう？　マジでありがとう　名古屋愛ジャンル純文学

川崎

年末にナカゴーでまた会おう　来年は２月東葛それに新作チェルフィッチュ
演じ続ける俳優業　まるで泳ぐのやめない回遊魚
演ずるより　産むが易し　言うは易く行なうは難《かた》し
産休なんてファックユーって業界　一部上場女優に限られる
そんな重いテーマ　置いてくな　最後の最後にそれ言われてもな
ＯＫそれ宿題にしとこうか　みんなでよくしてこうか世の中
ってのも次回の東葛の出演者　あたし以外の全員がママなんですよ

板橋

目指すは傑作かクソ駄作か　射倖心煽るギャンブル演劇
ビッチはべらすソファ　今日もCMにテレビにドラマに映画のオファー
金んならない舞台のオファー　通すワガママ　出たいやつだけに出んだよ俺は
金勘定とは別感情　肝心要　所属事務所の温情
首に社員証　のないそんな人生でも常にまぁいいっしょが俺のマインド
Yahoo!トレンド　ランクインしても謙虚に一番乗り楽屋入り
霧吹きで清め　柔軟し　水にプロテイン溶かす30cc
床にこぼすSAVAS　山にして俺は盛り塩なら盛りSAVAS
ヒップホップと演劇の金字塔　東葛スポーツ　パチンコ（上）以上

［カーテンコール］

終演

ユキコ

第一幕　イントロダクション

ラップ「お前んちの住所」

登場人物
佐川……佐川急便の配達員を装った輩
ヤマト……ヤマト運輸の配達員を装った輩
郵便局……日本郵便の配達員を装った輩

ⓘラップ中にある（　）はパートの担当者以外が合いの手として入れる。

フック

（ハイ）待てよ（ちょ）ちょ待てよ（ウェイト）
開けるな玄関のドアを（まだよ）
おちゃのこさいさいだからよ（イージー）宅配業者装うのはよ（そだよ）
佐川縞のポロだろ（ブルー）ヤマト緑のポロ（グリーン）
日本郵便の帽子（ロゴ）ネットにコロコロ転がってんよ（転売）

佐川

お前んちの住所（どこ）調べるのに10秒（ファスト）
資産家　年寄り　一人暮らし名簿リスト（出てる）
お前んちの住所（ここ）調べるのに10秒（ファスト）
猶予あと10秒（スタート）　力ずくでドア開けちゃうよ（ブー）

（ユキコ）WOO WOO WOO WOO WOO
チェーンかけても無駄だ無駄だチェーンソーで微塵木《みじんこ》っ端《ぱ》（バラ）
手口手荒欧米かタカトシか？　言ってる場合か（いいや）
ツーと言えば（カーが）つーか通じねぇバカばっか増加（中）
農家やるか？　そうか（NOか）手っ取り早く稼ぐが増加（急）
どうか神様（GOD）　YouTube動画神様（GOOD）
エビデンスはあんすか？（すか？）あ？国民総ひろゆき化（やだな）
国葬でみんな献花　思ったよりもそっちか（やっぱ）
コカ（ほら）コーラ自販機の陰に国家公安（私服）
RUN（早く）走れ走れ　だからシューズはHOKKA（ボンダイ）
ほっか（フーフー）ほかのメシは出ねぇぞ入ったら牢屋（臭いメシ）
牧歌（のどか）的なこの国行っちまったどっか（オーイ）
物価　高　反比例する悪行安価（アンガー）
そっか（そうか）だから沸いてくんだやたら輩《やから》（反社）

フック

あった（ハイ）名簿リストにあったお宅の住所が（ビンゴ）
ほら（ピンポーン）鳴りましたよお宅のインターフォンが（ハロー）
（ハイ）待てよ（ちょ）ちょ待てよ（ウェイト）
開けるな玄関のドアを（まだよ）
おちゃのこさいさいだからよ（イージー）宅配業者装うのはよ（そだよ）
佐川縞のポロだろ（ブルー）ヤマト緑のポロ（グリーン）
日本郵便の帽子（ロゴ）ネットにコロコロ転がってんよ（転売）
お前んちの住所（どこ）調べるのに10秒（ファスト）
資産家　年寄り　一人暮らし名簿リスト（出てる）
お前んちの住所（ここ）調べるのに10秒（ファスト）
猶予あと10秒（スタート）力ずくでドア開けちゃうよ（ブー）

ヤマト

スシ　ゲイシャ　フジヤマ　ロッポンギ　シャチョウサン
カミカゼ　ハラキリ　テンプラ　アキハバラ
カタコト　ニホンゴデ　カネダセ　コロスゾ
外国人の犯罪　hands up　はいバンザイ
お前らたためショーバイ　もう国に帰れバイバイ
見せろ今だ大和魂　ヤマト運輸装い騙し

フック

￥の国外流出を阻止　そうウチらが入室だよし
家はタワマン最上階　安全って思ってるフシ？
ZOZOで買わず　ドメス買わず　井の中の蛙《かわず》で買わず
ヤマト如き施錠解除せず　なハイプ秒で交わす
DHL羽織る　VOGUE読んでもできねぇ防具
結束バンド手足縛る　猿ぐつわが似合うセレブ
YO セレブ　DEAD or ALIVE 選べ
YO セレブ　半殺しか ALIVE 選べ
YO セレブ　金か ALIVE 選べ
YO セレブ　洗いざらい喋れ

（ハイ）待てよ（ちょ）ちょ待てよ（ウェイト）
開けるな玄関のドアを（まだよ）
おちゃのこさいさいだからよ（イージー）宅配業者装うのはよ（そだよ）
佐川縞のポロだろ（ブルー）ヤマト緑のポロ（グリーン）
DHLのシャツ　ネットにコロコロ転がってんよ（転売）
お前んちの住所（どこ）調べるのに10秒（ファスト）
にわかセレブ女　一人暮らし名簿リスト（出てる）
前んちの住所（ここ）調べるのに10秒（ファスト）

YUKIKO
Soo-Gab Kim

郵便局

猶予あと10秒（スタート）　力ずくでドア開けちゃうよ（ブー）
ヤーヤーヤーヤーヤー　チャゲアスのじゃないよ
え？なに？　三本の矢？　いやダチョウ倶楽部のヤー
え？なに？　はぁ？　ウチら三人は親友かって？
いや　ついさっき会ったばっかの初めまして
ルール　ルールウチら業界のルールがあって
シー　素性言わぬが花知らぬが仏
ベラベラと口固いってヤツが喋んだって
そんでバラバラ　にされて埋められるのがオチで
63国際番号からのたたき闇バイト
（口笛）ルフィの iPhone データ容量月無限GB
ファイト一っ発　リポD飲んで出っ発
数千万も家のタンスに置いとくほうが悪いんざんす
セコム　してますか？　せこくセコムしてませんか？
気にしてるセコい泥棒と一緒にしてませんか？
留守のときスルー　在宅のときにこそする
空き巣じゃねんだよ開けさす　抵抗すればブッ刺す

フック

（ハイ）待てよ（ちょ）ちょ待てよ（ウェイト）
開けるな玄関のドアを（まだよ）
おちゃのこさいさいだからよ（イージー）宅配業者装うのはよ（そだよ）
佐川縞のポロだろ（ブルー）ヤマト緑のポロ（グリーン）
日本郵便の帽子（ロゴ）ネットにコロコロ転がってんよ（転売）
お前んちの住所（どこ）調べるのに10秒（ファスト）
資産家　年寄り　一人暮らし名簿リスト（出てる）
前んちの住所（ここ）調べるのに10秒（ファスト）
猶予あと10秒（スタート）　力ずくでドア開けちゃうよ（ブー）

第二幕　授賞式

［テロップ］第67回岸田國士戯曲賞授賞式

ラップ「PACHINKO」（リプライズ）

登場人物

A……………Aパート担当
B……………Bパート担当
C……………Cパート担当
D……………Dパート担当

A
未だノートは白紙　プレッシャーでたまに吐くし
二週間後には初日　ようこそ尻に火
よそのラップにあくび　俺歌詞に課すノルマ白眉
嫁に家事と育児　POLA化粧水は詫びに

B

三週間後には楽日　堪能生みの苦しみ
興味がねぇよ蔵出し　今日日を書き即出し
個人情報のモロ出し　プライバシー量り売り
白紙ノートがびっしり歌詞白日の下に晒し
ここで見えるリアルは　葛飾区で書くしか
身バレするかビビるか　画しそれで勝てるか？
作り話が　見たきゃ三鷹か　よその星をあたりな
この東の端と二極化
残るラップは　これを入れて2曲か
出し惜しみも負け惜しみもシミ抜きしてやるから
俺らイロモノ　混ぜて洗いな
四の五の言う白物　色つけて返したるから

レペゼンする分ペイ区民税　多勢に無勢じゃなきゃつまんねぇ
家系《いえけい》じゃちとパンチが足んねぇ　脛《すね》に傷持つパチ屋の家系《かけい》
人のドツボが飯の種　突き落とす地獄絵図やむを得ず
生活保護年金食い潰す　ケツの毛まで抜く骨までしゃぶる
P A C H I N K O
P A C H I N K O

C

地元金町新型ノア納車待ち　フルオプ法人名義
半導体不足で台本も遅れる　そろそろ降りる金町で神待ち
紙に羅列ただの言葉たち　役者たちの息吹で立ち上がり
バチバチに火花散らし　お客の鼓膜と魂を無限燃やし
ゴト師と国税がパチ屋の敵　想像超えてくるか相続税
さっきの京葉の貸金庫　グレーにくれぐれもここだけの話
よそのフィクションに食傷気味　こっちの日常を超えてこねぇんだよ
リアルに過ごすただの毎日が　ギリシャ神話でシェイクスピア
P A C H I N K O
P A C H I N K O

D

在日在日って第一　明らかにここはアウェイじゃないし
在特会も押しかけなければ右翼の街宣車も素通りだし
リテラシー高いお客相手に　照らし合わせてひけらかし
在日ネタかましてやったぜってそれこそバカでもチョンでもできるし
さあどうする　自分でひっくり返したこのちゃぶ台
チラシ刷らず当パン無し　証拠残さず得意のヤリ逃げか？
続編はやりませんじゃねぇ　本当は怖くてやれねぇんだろお前

さあどうする　この広げた風呂敷さあどう畳む
さあどうする　武器のはずの銃の銃口がこめかみに
帰化するか？　簡単だろ　帰化するかそして気化するか
P　A　C　H　I　N　K　O
P　A　C　H　I　N　K　O

川崎

登場人物
川崎…………受賞の挨拶を代読する『パチンコ（上）』出演俳優

本受賞作『パチンコ（上）』に出演いたしました川崎麻里子と申します。本日やむなく欠席しております金山寿甲に変わりまして、受賞の挨拶を代読させて頂きます。

（封筒を出し）封筒の口には緘《かん》が押されていて事前に開封されてないことをご確認下さい。ハサミを入れさせて頂きます。ちなみにこちらのハサミ、葛飾区の町工場で作られました葛飾ブランドのものを使用しております。カネと品格は地元で落とせ、でございます。（封筒から原稿を出す）それでは謹んで代読させて頂きます。

本日は東上野にありますパチンコ・パチスロメーカーのサミー上野ショールームにて行われます、サミーでは初となるスマートパチスロ、通称スマスロ対応機種第一弾『北斗の拳』の展示会に出席するため、本授賞式を欠席しなければならないことを心よりお詫び申し上げます。誠に申し訳ございません。(深々とお辞儀)

演劇を作るとき、いつも片隅に置いている言葉があります。「最も個人的なことが、最もクリエイティブなことだ」。これは、偉大なるマーティン・スコセッシの言葉です。と、アカデミー賞授賞式でスピーチしたポン・ジュノの言葉です。パチンコは、僕にとって最も個人的なことです。パチンコ屋に生まれて、今もなお三代目としてパチンコ屋業を生業としています。

アメリカで大ベストセラーとなった小説、ミン・ジン・リー著『パチンコ』を読んで思いました。「俺のほうがよっぽど『パチンコ』じゃん」と。そして『パチンコ(上)』を上演しました。かつてこれほどスラスラと台本が書けたことはありませんでした。僕がというよりも、僕を形成するルーツが書かせてくれたのだと思います。

朝鮮半島から日本に渡り、貧乏のどん底から苦労に耐えてパチンコ屋を築いた祖父母、ハラボジ、ハルモニにこの賞を捧げます。そして、移りゆく時代の流れの中でパチンコ屋をさらに繁栄させ、僕らの世代に託してくれた両親、アボジとオモニにこの賞を捧げます。

アボジは昨年の5月に亡くなりました。

子供のころ、アボジに好きな国と嫌いな国はどこかと聞いてみたことがあります。どちらの問いにも北朝鮮と答えました。もし朝鮮半島でまた戦争が起こったら、日本の自衛隊は韓国の支援に回って北朝鮮と戦うんだよね？　と聞くと、そうなったら北朝鮮と韓国が一緒になって自衛隊を追い払うんだよと言っていました。

アボジはきっと、祖国統一を願っていたんだと思います。

岸田國士戯曲賞受賞は僕の願いでした。その願いは今日叶いました。これからはアボジの願いだった祖国統一、すなわち南北統一、すなわち岸田と鶴屋南北の統一、と無理くりこじつけて、創作活動に精進して参りたいと思います。

余談ですが、今年の6月に上演される舞台版『パラサイト』を岸田と鶴屋南北の統一を果たされている鄭義信さんが手掛けられるそうですね。

設定が日本に置き換えられていて、貧しい一家のほうの名前が金田《かねだ》一家となっているのを見ただけでもうソレとわかる、今回もやっぱり安定の在日ネタなんだなぁと。それは、最近の車に搭載されているセーフティサポートのような安心感でもあり、『頭文字D《イニシャル・ディー》』感を欲する僕にとっては残念感でもありました。

これは近親憎悪なのでしょうか。それとも、在日ネタはもう新たなフェーズへ進み出しているのに、踏み込んで言えば東葛スポーツが『パチンコ(上)』で在日ネタを新たなフェーズへ押し進めたのに、なぜまたそっちに引き戻そうとするのか。もっと踏み込んで言えば、というか素直に気持ちを言います。

舞台版『パラサイト』、僕にやらせてくれないでしょうか。

多分そっちのが面白い……いや……面白く……なるような……気が……します。それを確かめる上でも、この舞台版『パラサイト』を是非皆さまも劇場でご覧頂きたいと思います。

幾度も校正が入り練りに練られ装丁されたレジェンドの戯曲か、それとも衝動のままに書き殴ったストリートの落書きか。

もし鄭義信さんがミーゴスとかリル・ウージー・ヴァートのTシャツとか着てたら、そのときはすぐに白旗あげてチケットのもぎりの手伝いでも何でもします。

そして最後に。今、今日、この日このとき、この瞬間、パチンコ屋脇の換金所の中で今この授賞式のライブ配信を見ている妻に、感謝の言葉を伝えたいと思います。

佐々木さん（妻のことをこう呼んでいるので普段通りにそう呼ばせて頂きます）、佐々木さん、いつも支えてくれてありがとう。この受賞を捧げます。あと業務連絡で、最近「一万円足りない」とかってダメ元でふっかけてくるお客がいるから気をつけて下さい。

村上の打席が回ってきたのでこの辺でペンを置きます。

岸田國士戯曲賞に選んで頂き、本当にありがとうございました。

最後に川﨑さんに業務連絡で、これの代読が終わったときに原稿をお客さんに見せて、実は白紙でしたっていう、赤塚不二夫の告別式でタモリがやった弔辞みたいな、タモリすげーみたいな、川﨑さんすげーみたいな、それやって下さい。

（客に白紙の原稿を見せる）代読させて頂きました。ありがとうございました。

第三幕　景品交換所

登場人物
主婦……………パチ狂いの専業主婦
ママA…………全身しまむらコーデの幼稚園児のママ
ママB…………ママAのママ友

［舞台］　舞台上に景品交換所の小屋が建っている。
　この小屋の壁面は上下し、小屋の中を見せられる構造になっている。

主婦　（交換所で景品を現金化する）

YUKIKO
Soo-Gab Kim

ラップ「軍艦マーチ」

登場人物
主婦……………パチ狂いの専業主婦

主婦

わが町パチ屋開店待ち　朝10時ジャスト軍艦マーチ
家事育児従事毎日　専業主婦Aさんウォッチング
子供も旦那も居ない　朝9時から午後3時以内
専業主婦Aさんは家に居ない　家族はそれをまだ知らない

わが町パチ屋開店待ち　朝10時ジャスト軍艦マーチ
ほんの暇つぶし　パチ屋ふらり間違いの始まり
沼にハマり　毎日パチ　too much パチ　マジ後の祭り
ツキ見放し　小遣い尽き　家計に手出し　子供学資

保険切り崩し　パチに投下し　10日で溶かし　禁断のトイチ

わが町パチ屋開店待ち　朝10時ジャスト軍艦マーチ
家事育児悪事毎日　専業主婦Aさんウォッチング
子供も旦那も居ない　朝9時から午後3時以内
専業主婦Aさんは家に居ない　家族はそれをまだ知らない
軍艦マーチ　朝10時軍艦マーチ　地獄のマーチ軍艦マーチ

転落は瞬くように早く　幸福はすり抜けてく奈落
ほんの火遊びの代償は重く　篠田麻里子もベランダでわめく
専業主婦AさんA4用紙覗く　借用書にはトイチで200
ヤミ金業者は痛くも痒く　もなく主婦Aさん闇へと招く
担保は better にベタにベタが付く　女に背負わせるなら手取り早く
ハナから返せるわけなんてなく　担保は遂行されてゆく粛々
シクシク泣く間もなくREC　会釈が合図で即尺
主婦Aさんの目にはモザイク　タイトルパチ狂い主婦借金苦
かけがえのない家族　失わないために週2で風俗
本物の専業主婦所属　デリヘル送迎車で口紅ひく
ラブホテルに到着　まさかこの携帯番号がお客

部屋のドアをノック　開けた夫とAさん沈黙暫《しばら》く

主婦は退場。

ママAが全身しまむらコーデで登場。

ママBがママAと丸かぶりの全身しまむらコーデで登場。

ママB　あぁ、そうちゃんのママ。

ママA　あぁ、まりこちゃんのママ。（間）しまむら？

ママB　しまむら。

ママA　かぶるよね。

ママB　かぶりますよね。

ママA　いいよね、でも。

ママB　いいですよね、もう。

A／B　しまむらで。

ラップ「しまむら」

ママA　HEY　チラシ見たか？　ハハ

ママB　言っただろママ社会はままならないと
あるがまま？　冗談だろ

二人　待ちな　待ちな　待ちな　待ちな　エイ　エイ　Woooo　ハ

ママA　まるでオペラにでも行くような格好だな

二人　PTA　PTA　PTAのTPO

フック　島国で村　村社会だママ　ママ社会は村　村八分は嫌

ママA

ママ友とマナー　様になるママ　猿真似で学びな
真似て浮いた金でマネタイズ
パリじゃあるまいし　メルシー　◯市◯市　だからしまむら
丸かぶりそりゃ　あるはあるわな　罠にはまるな　殺せ個性は
芸能人じゃあるまいし　Ⓒ《丸シー》 無しの着こなし　だからしまむら
丸かぶりそりゃ　あるはあるはな　自ら　ハマりなママ社会沼にな

決して目立つな　目指すなお洒落マーマ消してめかすな
いまから　しまむら　行くからきな皆々
無印の生成りじゃ　趣向の目印だから
ZARAをさらり　よりもさらに　サラリー低くアピりな
元はアムラー　今はしまむらのボーダー
セントジェームス　邪悪な横文字捨てちまいな
来たぞママ友グループLINEが　カメさん公園集合な
抜き打ちファッションチェック　だから常にしまむら
お受験させる気だな？　伊勢丹行ってんのバレるな
悪くなるぞバツが　だから子供には西松屋
この会場に来てんだ　幼稚園のママ友が
これは全て言わされてるだけだからなくれぐれもな

フック　島国で村　村社会だママ　ママ社会は村　村八分は嫌
ママ友とマナー　様になるママ　猿真似で学びな
真似て浮いた金でマネタイズ
パリじゃあるまいし　メルシー　◯市◯市　だからしまむら
丸かぶりそりゃ　あるはあるわな　罠にはまるな　殺せ個性は
芸能人じゃあるまいし　Ⓒ《丸シー》無しの着こなし　だからしまむら

ママB　（退場）
ママA　（換金所の小窓に景品を入れる）
交換所　（景品分の3万7千円を差し出す）
ママA　（金額を確認したのち）すいません。1万円足りないんですけど。3万7千円ですよね？　2万7千円しかないんですけど。1万足んないんだけど。ねぇ。
交換所　（返答しない）
ママA　ねぇ。1万足んないんだけど。聞いてんの？　おい。1万足んねぇんだよ。（交換所の小窓を覗き）顔見せろ。おい。1万足んねぇんだよ。おい。出せよ1万。おい。（小窓に手を入れる）よこせよおら。金よこせよおら！　（悲鳴）（小窓に入れた手首を切り落とされる）

ラップ「真実の口」

登場人物
ユキコ……景品交換所の女で東葛スポーツ主宰の妻

ユキコ　嘘偽りの心持つ者の腕を食いちぎる真実の口
亀有の次　金町南口　誰に聞いてんだそのナメた口
どちらか選びなソープに沈むか江戸川土左衛門で浮かぶか
遅ぇよ今さら深々土下座　後悔先に立たずだ渡世は

ママA　ジーザス　ジーザス　ジーザス　ジーザス

ユキコ　やめてくれ　76ミリ×160ミリ　この紙が神だ　（万札をばら撒く）

［舞台］　景品交換所の壁面が上昇する

（換金所の中のユキコが露わとなる）

ユキコ

ラップ「寂しがりや」

登場人物
ユキコ……………景品交換所の女で東葛スポーツ主宰の妻
A……………Aパート担当
B……………Bパート担当

フック　寂しがりや　がりや　がりや　がりや　おおお　カネ　moneyカネ money
寂しがりや　がりや　がりや　がりや　おおお　カネ　moneyカネ money

ユキコ　諭吉は一人ぼっちじゃ寂しい　１００人の束で遊びたい
１００人入れても大丈夫　アルフォートに諭吉がみっちみち

AB　寂しがりや　がりや　がりや　がりやの　moneyがカネを招いて群れを成す

ユキコ

スニダンでトラヴィスＡＪ１　ゴローズ並ばずデルタワン
90'sバンＴ グレートランド　１キロ超えゴールド８００万
プレ値　言い値　最高値　欲しいモンにはつけねえ糸目
使っても使ってもなくならねぇ　日本中のmoneyカネここに集まれ

A
ガソリン高騰　銀行強盗　ダッシュで逃走
電気料高騰　暖房オフって部屋でもコート
ガス代高騰　潰れるスーパー銭湯３０％
オムツ高騰　赤ちゃんプレイ持ち出しＳＭ嬢

B
寂しがりや　がりや　がりや

A
さみ　さみしー　さみ　寒ぃしさみしー

B
寂しがりや　がりや　がりや

A
さみ　さみしー　さみ　懐さみしー

B

マザファキン借款　利上げするんすか？日銀さん
奥さん　固定か変動か住宅ローンはどっちすか？
奥さん　葉物高騰で今夜のお鍋どうすんすか？
奥さん　こっちの刃物はお値段据え置きどうすか？
ダイソーギャラクシー万能包丁　税込１１０円
Can★Do シルキーシェフ穴あき包丁　税込１１０円
ダイソー折りたたみナイフ　税込１１０円
Can★Do オートロックカッターナイフグリップ付き大　税込１１０円
イオン白菜　２分の１カット１９８円
肉のハナマサ　白菜ホール７９８円
葉物よりも刃物安く買えちゃダメだろ
白菜より殺害安くできちゃダメだろ

A

エイ　女性参画この国はまだまだ▲《さんかく》
エイ　一億総活躍アンタにあんのが言う■《しかく》
エイ　マジでリアル　わかっちゃいないんだな●《まる》で
生活苦で無理心中心中お察しいたします。《マル》

B

寂しがりや　がりや　がりや

A　さみ　さみしー　さみ　寒ぃしさみしー

B　寂しがりや　がりや　がりや

A　さみ　さみしー　さみ　懐さみしー

ユキコ　水が　高い　ほうから　低いほうに　流れて行くように
川の　水は　海を　目指し　海へと注ぐ　ように
逆も　また然り　シャケ　海から川へ上るように
母川《ぼせん》　回帰　シャケが　生まれた場所へ戻ってくように
アンタの財布の諭吉　東　の方角を目指し
北千住２番　ホーム　我孫子《あびこ》　取手《とりで》　方面下り
コンクリート詰め事件綾瀬《あやせ》　コンプリートこち亀両さん亀有
次は　金町お出口右側改札出て南口
全身バッタモンGUCCI　口から愚っ痴　名物オヤジ
話し　かけられても無視　開かねぇからよ　埒
こっち母川回帰　生まれた川へ戻ってくように
こっち母皮《ぼひ》回帰　生まれた皮へ戻ってくように

フック

エイ　アンタの財布の諭吉がアタシの財布ん中に
エイ　海から川へ　天然クロコ　ダイルの皮に
エイ　合皮の型押し　それじゃ諭吉の信用ガタ落ち
諭吉は一人　ぼっちじゃ寂しい１００人の束で遊びたい

寂しがりや　がりや　がりや　がりや　おおお　カネ　money カネ money
寂しがりや　がりや　がりや　がりや　おおお　カネ　money カネ money

第四幕　前説

前説

登場人物

前説…………前説の担当者

これ、今回『パチンコ（下）』でもよかったんですよ。タイトル。本当のこと言うと。

それだとお客さん増えちゃうじゃないですか。前回の評判聞いた人がいっぱい見に来ちゃうじゃないですか。今回、舞台レイアウトの関係で客席を減らさなきゃいけなくて、それで引き悪そうなタイトルにしたっていうのがあって。

（ユキコを差し）こちらも自分の名前をタイトルにつけられた挙句に引きが悪いって言われるのも相当不本意だと思うんですけど。

狙いとは逆に、ありがたいことなんですけどチケットもすぐに完売になって。名前ドンのタイトルで、逆に渾身の一本みたいな感じさせちゃったんですかね。覚悟の表われみたいな、強い決意の表われみたいな。

今後の参考にお教えしますけど、名前まんまのタイトルって何をやればいいかアイデアがまったく浮かばないとか、手がなくて困ってるときにつけるんですよ。病名でもそうじゃないですか、名前がまんま病名になってるのって、未だに解明されてなくて治療の施しようがない病気とか、手がなくて困ってるときに名前まんまになるじゃないですか。病気発見した人の名前が、病名に。だから大河ドラマなんて最近困ってないんじゃないですか？　気の利いたタイトルついてますもんね。『平清盛』以来もうやってないんじゃないですか？　名前まんまっていうの。ただこれ、それじゃ名前まんまのタイトルは駄作で、名前まんまでなければ名作なのかというとそうも言い切れなくて。じゃあ、今日ご覧頂くこの『ユキコ』は名作か駄作のどちらか。

ただひとつはっきり言えるのは、そんな2本も3本も立て続けに大傑作を繰り出せるような劇団だったら、こんなポジションにいるわけないでしょっていう。買いかぶりのなきよう、東葛スポーツを今後ともひとつよろしくお願い申し上げます。

あと『パチンコ（下）』は、そのタイトルで来年の助成金の申請出しちゃってるってのもあって、使えない事情もあるっちゃあるっていうのもあります。助成金も薬物と一緒で、一度手を出すともうそれ無しじゃ生きていけなくなるんで。で、前回はパチンコで今回は換金所のお話なんですけど……

（主宰に）『換金所（上）』でよかったんじゃないですか？　これのタイトル。

（頷く主宰を見て）頷いてるよ。

で、換金所なんですけど、（ユキコを差し）こちら、普段実際にパチンコ屋の脇に立ってるあの景品交換所の小屋に入ってるんですよ。なかなかないことですよ、あそこに入ってる人がこうやって舞台に上がって、しかも換金所に入ってる人を演じるっていうのは。これ以上行くとシュルレアリスムに入って行くしかなくなるみたいな。シュルレアリスムの手前みたいなの。

あれちょっと待ってよ？　え？　夫がパチンコ屋でなに？　妻が換金所に入ってる？　え？　なに？　それって「自家買い《じかが》」じゃないの？　って。

そういう鋭い疑問を抱いた方っていらっしゃいます？（客席を見渡す）千葉県警の生活安全課の方とかいらしてないですよね？　大丈夫ですよね？

鋭いって言えばですね。今日これ見た後でもTwitterとかに感想書くじゃないですか。面白かったとかつまらなかったとか、それはそれぞれのご感想でいいんですけど、そこで、「東葛スポーツはオートフィクションがやりたいのね」とかって書くと、鋭いってなりますから。書いてみて下さい。まだ東葛スポーツの感想でオートフィクションに言及してる人いませんので。

それで「自家買い」ですけど、ご存じない方にご説明しますと、お客がパチンコを遊戯して得た出玉をパチンコ店が直で換金を行なうこと、これを自家買いと言いまして、行なえば法律違反として摘発されます。

お客はパチンコで得た出玉をパチンコ店で特殊景品と交換し、その特殊景品をこの、換金所、両替所とも言いますけど、業界的には両替所って言うのでここからは両替所で統一しますけど、その特殊景品をこちらの両替所に持ち込んで現金で買い取ってもらう。両替所は買い取った特殊景品を問屋に卸して、その卸問屋が特殊景品をパチンコ店に卸す。これを「三店方式」と言いまして、これをもってパチンコはギャンブルではないという体裁を取りながら、事実上換金が行なわれているんですけど。パチンコ店と両替所の経営者が同一だったり、三親等以内の親族で経営が行なわれてたりすると、これも自家買いと見なされて摘発の対象となります。

じゃあこのケース、夫がパチンコ屋で妻が両替所というこのケースこそザ・自家買いと言わずして何を自家買いと言うのでしょう。

でも。このケースに限って言うと自家買いに当たらないんです。

なぜか。これに関しては入場料3500円じゃちょっと教えられないんですよね。業界人だったら2000万払ったって知りたい、2000万払っても5年で取り返せるっていう目からウロコの裏技になっておりますので。

ま、いくつか考えられますよね。例えば夫と妻と言ってはいるものの、実は入籍していなかったとか。そんな裏教習所の1時間目に習うようなアイデアでしたらTシャツにして着て見せびらかして歩いたっていいんですけど。

ま、この答えは会員限定のオンラインサロンのほうでお教えいたしますので。

会員以外の方は、引き続きこちらの公演をお楽しみ下さい。

YUKIKO
Soo-Gab Kim

第五幕　出汁

登場人物
リポ…………情報番組のリポーター
店主…………人気ラーメン店の女性店主

リポ　本日は、こちら葛飾区金町にあります行列の絶えない人気のラーメン屋さん「麵屋ルキノ」金町南口店さんをご紹介します。ラーメンのスープというと脂《あぶら》っこかったりとか塩分が多いんじゃないかとかって皆さんも気になさると思うんですが、こちらのお店ではやさしい素材とやさしい味にこだわったスープが特徴とのことで、お客さんは最後の一滴までこのこだわりのスープを飲み干して皆さんお帰りになられるということなんだそうです。早速入ってみましょう。（ユキコが入る景品交換所の前を通る）パチンコ屋さんの景品交換所のお隣なんですね……前を失礼します。ごめん下さい。

店主　いらっしゃいませ。

リポ　こちらの店主の山崎ルキノさんです。　すごい行列ですね。

店主　ありがとうございます。

リポ　早速なんですが、評判のラーメンを頂きたいんですがよろしいですか？

店主　どうぞ召し上がって下さい。

リポ　本来は食券を買ってから注文するんですが、今回取材ということで職権乱用で特別にお出し頂きます。

店主　（ラーメンを提供する）どうぞ。

リポ　わぁ、おいしそう。早速スープから。（飲む）やさしいお味ですね。こちら、メニューの名前もまた素敵なんですよね？

店主　こちらがウチの看板メニューで「未来」というラーメンになります。

リポ　「未来」、素敵なメニューですね。どういった思いでつけられたんですか？

店主　私、小学生の子供がいるんですけど、今の食べ物って化学的なものが凄く多く含まれてるじゃないですか。賞味期限の持ちの良さとか、どう考えてもアレおかしいじゃないですか。日常的に子供たちにそういうものばかりを食べさせている現代社会って、社会全体が子供に対して行なっている虐待なんじゃないかって思うんです。子供たちには未来があるじゃないですか。子供たちこそが未来じゃないですか。だから、体に取り入れて害のあるようなものは一切使わずに、自然からの恵みだけを素材にしたラーメンを作りたかったんです。

リポ　素晴らしいですね。こちらのおダシは何から取ってるか教えて頂くことって……

店主　すみません……それは……

リポ　そうですよね……企業秘密ということで。（スープを飲み干す）わたくしも最後の一滴まで飲み干しました。とっても美味しくてやさしいラーメンを、今日はありがとうございました。

店主　ありがとうございました。

リポ　スタジオのホラン千秋さんも是非食べてみて下さーい。
（間）っていう……こういうAとBのたわいの無いやり取りみたいな、こういう芝居はもうやりたくないんだってここの主宰が言ってまして。少なくとも今はそういうモードらしくって。カート・コバーンも……カート・コベインも言ってたらしいんですけど、アルバムの『イン・ユーテロ』に入ってる「ペニーロイヤルティ」って曲を指して、「もうああいう、ヴァース、サビ、ヴァース、サビみたいな曲は作りたくない」って言ってたらしくって。その気持ちわかるってここの主宰が言ってました。カートはその何ヶ月か後にショットガンでやっちゃったんですけど。そうなんですよ、これ。
（自身の着ているTシャツを差し）

greatLAnd ORIGINAL CAPITALISM TE
E WHITE

18,590 JPY

ⓘ About shipping cost

LARGE
18,590 JPY

Add to Cart

XL
18,590 JPY

SOLD OUT

Favorite 23

1 inch is 2.5 cm

リポ　気づいた方もいらっしゃるかと思うんですけど、このＴシャツ、ニルヴァーナの『ネヴァーマインド』のやつをナニしたってやつなんですけど。『ネヴァーマインド』のジャケットに写ってる赤ちゃんが成人してニルヴァーナを訴えたのって知ってる方もいるかと思うんですけど。オチンチン出ちゃってるんで児童ポルノっていうのがメインの訴えではあるんですけど、当時赤ちゃんなわけですから、当然了承してないわけですよね本人的には。裸の写真を撮られて、あんな使われ方をするっていうのは。そういうこと含めてニルヴァーナに対し訴訟を起こしたんですけど。じゃあその赤ちゃんを消しちゃえって、逆にそれを皮肉ったＴシャツなんですけど。
私も1歳6ヶ月の子供がいるんですけど、例えば私がここで「この子の将来のためを考えて原発には反対します」って言い切ったときに、うちの子が成人してこの公演の映像を見て、「なにあたしをダシにして勝手に思想的なこと言ってくれちゃってんの？」って。「っていうかわたしお母さんと違って原発賛成だし」とかって、将来子供に訴えられる可能性もあるわけですよね。最近ワイドショーのコメンテーターでも、紹介のテロップのとこに「○男○女の母」とか「○児の父」とかって出てるじゃないですか。必要ありますかね？あれ。子供無しっていうテロップは出てないわけですし、あんまり子供をダシに使わないほうがいいと思います。

店主　（ラーメンスープの寸胴からダシに使っていた子供を持ち上げる）

ラップ「Tシャツ」

登場人物
A……………Aパート担当
B……………Bパート担当

フック

ママは言う未来のため（ぬけぬけ）子供たち守るため（また）
ママは言う子供のため（アゲイン）子持ちの地位護るため（だな）
このTシャツネヴァーマインドTシャツ（グッドT）
そのTシャツグレートランドTシャツ（大阪）
そのTシャツには生産性ない（by水脈）
子供いない未来語れない（never mind）

A

スッキリめざまし8羽鳥（モーニングショー）

フック

ラヴィット！以外みんな横並び（習え）
朝８時子供を出汁（プシュー）
ワイドショーコーメンテーターの肩書き（字幕）
○男○女○児の（あたし）ママだし真っ当だし縷々《るる》言いたげだし（瑠璃）
得意面でアゴ付きだし（アイーン）あごだし鰹節子供出汁（コクだし）
和食は出汁命だし（命）ユネスコ無形文化遺産だっし（祝）
ガーシーいなくても回るっし（ってことは）
参議院議員なんていらない？（シー）
総理は言う未来のため（この）
わが国ニッポン守るため（しゃあしゃあと）
総理は言う子供のため（そんで）税金で秘書にわが子のため

このTシャツネヴァーマインドTシャツ（グッドT）
そのTシャツグレートランドTシャツ（大阪）
そのTシャツには生産性ない（by水脈）
子供いない未来語れない（never mind）
ママは言う未来のため（ぬけぬけ）子供たち守るため（また）
ママは言う子供のため（アゲイン）子持ちの地位護るため（だな）

B A B A B

♪Tシャツ
ママは言う乾燥機はダメ
♪Tシャツ
経年変化楽しめ乾燥機で回せ

子供で出汁とった魅惑のスープ　最後の一滴までどんぶりする
音たてすするのがジャパニーズ流　夫立て一歩引いて撫子《なでしこ》る
出る杭は打たれる　出過ぎるシングルより
１０３万超えないシンプルな専業主婦
書を捨てよ町へ出ようを捨てよ　控除を得てよ　おウチにいましょう
テレビつけましょう　見ましょうワイドショー
子供で出汁とったコメント聞きましょう
子育て女性の溜飲を下げましょう
不遇を幸福にすり替えてあげましょう
未来のため子供たち守るため
パワーワード使い放題パスワード与えましょう

フック

そんなんモンいらねぇグレートランドT着て声上げよう
専業主婦養成国家一緒に打倒しよう

このTシャツネヴァーマインドTシャツ（バッドT）
そのTシャツグレートランドTシャツ（グッドT）
そのTシャツには必然性ある　自分が主役で未来語れ
ママは言う未来のため　子供たち守るため（まだ）
ママは言う子供のため（結果）男たちの地位護るだけ

B

♪Tシャツ

A

ママは言う乾燥機はダメ

B

♪Tシャツ

A

経年変化楽しめ乾燥機で回せ

第六幕　ザコート神宮外苑

登場人物
ユキコ……景品交換所の女で東葛スポーツ主宰の妻
西…………不動産会社の西さん
川﨑………出演者の川﨑麻里子

西

ケンコーポレーションの西と申します。ザコート神宮外苑は、国立競技場周辺の再開発事業の一環として、２０２０年4月に誕生した大林組施工のラグジュアリーマンションです。各エントランス部分のオートロック設置は勿論のこと、エレベーターにはフロアカット機能を搭載する安心のセキュリティー体制です。また、高級感のあるゲストルームやパーティルーム、ちょっとしたお仕事やお打合せに便利なクラブラウンジ、開放感のあるプールやフィットネスルーム、心安らぐヒーリングフォレストルームなど、共用施設も充実しております。コンシェルジュサービスもありますので、ホテルライクな日常をお送りいただけます。

立地から、著名人や芸能人の方も多くお住まいになられている大変人気のマンションでございますが、このたび幸運にも一室だけ空室予定のお部屋が出ましたため、皆様にご案内させて頂く運びとなりました。ご案内させて頂くお部屋ですが、8階の2LDK68㎡でご覧のような間取りとなっております。

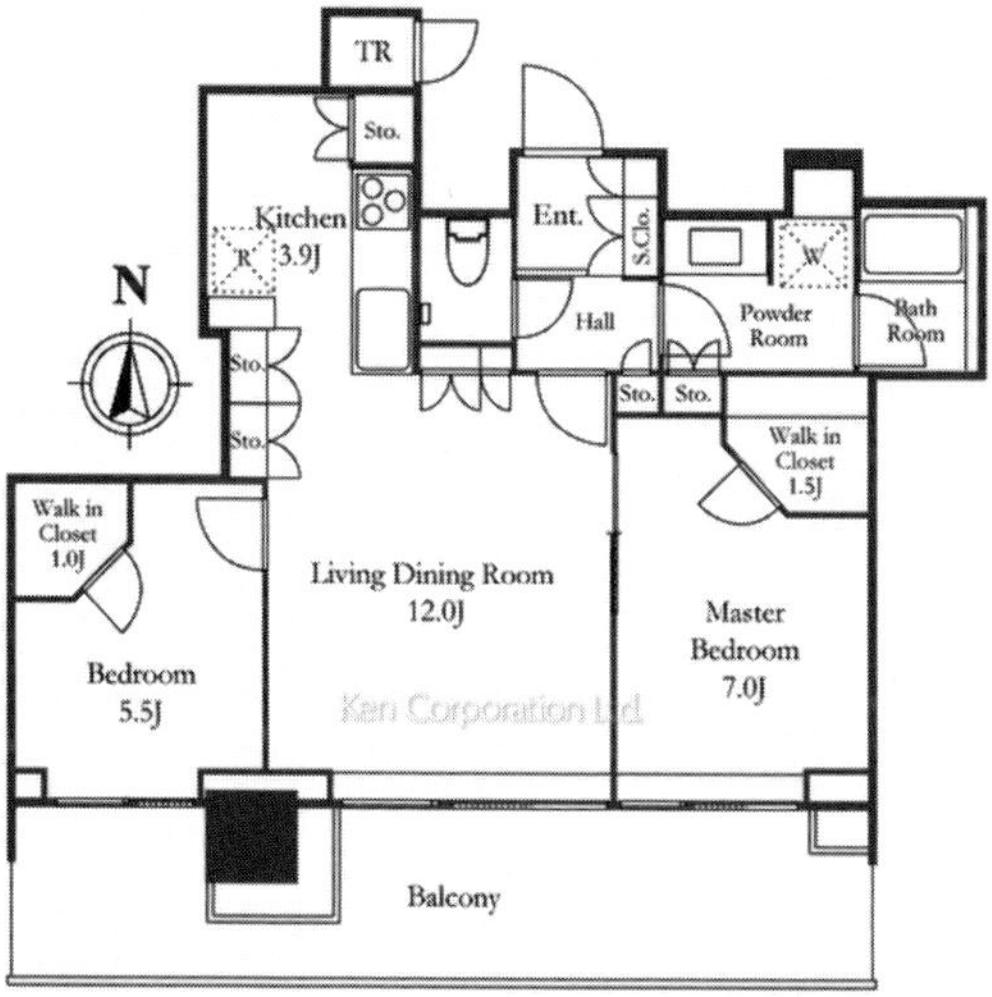

ユキコ

賃料は月535000円となっておりまして、マンション地下駐車場1台分込みのお値段となっております。神宮の森に包まれながら、ゆったりとしたアーバンライフをお過ごし下さい。お問い合わせはケンコーポレーション、私、西まで、お待ちしております。

私、次のラップよりこのマンションのことが心配でしょうがないんですよ。

夫が前回の『パチンコ（上）』で随分と威勢のいいこと言ってたっぽいですけど、私はあのパチンコ屋潰れると思ってるんですよ。帳簿を見なくても両替所入ってれば大体の売上の想像はできますので。

パチンコ屋が潰れてもサヴァイブするためにこのマンションを買いました。

資金は全額京葉銀行柏《かしわ》支店さんから借り入れて。

引くと思うので金額言いませんけど、この賃料から何となく想像つくかとは思うんですけど。

この物件なら、賃貸で出して埋まらないことはないっていうふれ込みで。

売りたくなったときは、最低でも買った値段で売れるからっていうふれ込みで。

［スクリーン］解約通知書

解約通知書

賃貸人：㈱[redacted] 御中　　賃借人：[redacted]

＊契約書と同じご印鑑（実印）

下記の通り、建物賃貸借契約を解約させていただきます。預託しております敷金の精算金振込口座並びに明渡し日以降の連絡先は下記の通りです。

記

1. 当該契約建物 ＊ご契約条件をご確認の上、付帯設備契約があれば、チェックして下さい

建物	名称	ＴＨＥ ＣＯＵＲＴ 神宮外苑 [redacted] 号室
	所在地	渋谷区神宮前２－２－３９
契約条件	契約期間	2022年4月4日 ～ 2026年4月3日
	月額賃料	金450,000円也
	駐車場料金その他の費用	金660円也
	預託敷金	金900,000円也
付帯設備	☑駐車場契約　☐トランクルーム契約　☑駐輪場契約 ☐バイク置場契約　☐その他契約（　　）	

※賃貸人様以外の第三者と締結した付帯設備契約がある場合はご自身で当該契約の相手方にご連絡ください。

2. 通知日・解約日・明渡し予定日

通知日	2023 年 1 月 17 日 ※この通知書の通知日（投函日）
解約日	2023 年 2 月 20 日 ※上記建物賃貸借契約を終了させる日
明渡し予定日	2023 年 2 月 20 日 ※鍵の返却及び退去立会日
	明渡し当日の連絡先（氏名　　携帯　　）

ユキコ　今の住人がこの公演の千秋楽の2月20日に出てっちゃうんですよ。こんなタイミングいいのってありますか？　最近この手の劇中に出す資料がフェイクだって言うお客さんがいらっしゃって、こういうの調べるお客さんがいらっしゃるんです。そういうお客さんが少しずつ演劇をつまらなくしていってるんですけど。（川崎に）川崎さんゴメン、アレ持ってきてもらえます？　（自分の首にかけているゴールドのチェーンを差し）このゴールドもジルコニアだろ？　って思ってるお客さんもいらっしゃると思うので。

川崎　（テスターでチェーンのゴールド値を測定する）18Kです。

ユキコ　（主宰を差し）あっちも測ってみてもらえます？

川崎　（テスターで金山を測定する）反応しないです。

ユキコ　金に反応するはずなんですけど、偽物なんじゃないですかね。俺は在日の金寿甲だって言ってますけど、そこは皆さんフェイクだって疑わないんですね？　パスポート見せろとか外国人登録証見せろとかって。そういうことは触れちゃいけないって思うんでしょうね。在特ってやっぱりあるんですね。このマンションについても是非調べて頂いて、その勢いのままもうワンクリックして頂いて、このマンション借りて頂けたら嬉しいです。

［スクリーン］ＫＥＮコーポレーション紹介ページ

部屋情報 賃貸

所在階	8階	間取り	2LDK
専有面積	68.05㎡ (20.58坪)	賃料/管理費	535,000円 / 無
敷金/礼金	2ヶ月 / 1ヶ月	契約期間(期日)	4年

お問い合わせ ›

お気に入りに追加

Act VI: The Court Jingu Gaien
THE COURT

ユキコ

解約通知書の方には賃料45万って出てて、募集かけてるこっちには535000円ってなってるんですけど、45万のほうは駐車場無しの賃料だったっていうのと、ウチが提携しているケンコーポレーションさんが様子見でちょっと高めに出してみましょうっていうので535000円になってるんですが……もしですよ？　今日お越しのお客さんでこの部屋に興味あるって方がもしいらっしゃいましたら、特別に、東葛スポーツの『ユキコ』を見たって言って頂けたら、ごめんなさい駐車場込みにはできないんですけど、駐車場無し月45万の特別ご奉仕価格でやらせて頂きますので、何卒宜しくお願い申し上げます。稽古場でこのシーンの台本最初読んだとき、座組みの人たちに「すごいね」って言われたんですけど、「すごいね」の頭に「借金」をつけてみて下さい。「借金すごいね」になりますよね。借金すごいんですよ。私、次のラップよりこのマンションのことが心配でしょうがないんです。

ラップ「ザコート」

フック

雑魚《ざこ》と　一緒にしないで　ザコート神宮外苑
駐車場　付きどーぞ駐めて　ポルシェカイエン
紙の月　神がかり　宮沢りえ怪演
颯爽とコートご帰宅　ザコート神宮外苑
Ａ５ランクのお肉だからこそ　シンプルに岩塩
お買い物紀ノ国屋青山店　朝９時半開店
あたし左右非対称　だから矯正顔面
こんなラップもうしたくない　絶対やんない再演

ユキコ

芋の煮っ転がし　同時に不動産転がし
どっちも焦がしたくないし　ちょっともう焦げ臭いし
はぁ　もう月末だし　２月は特に早く来るし

フック

苦しい条件で組んだバチ　銀行返済の引き落とし
メイク落とし青白い顔し　京葉銀行行って泣き落とし
落ちるわけないし　じゃどうするやりくり生活レベル落とし
POLAのメイク落とし　からコンビニコスメにレベル落とし
スペイン産から丸大さん　生ハム切り落としにレベル落とし
居酒屋でお通しお断り　暗黙ルールのレベル落とし
精進落としのお料理は無し　無精進にレベル落とし
今年御年喜寿祝わず　親孝行のレベル落とし
工面できず公文《くもん》行かせられず　子供成績落としBとC
貧乏を美とし儲けるショコラ氏　の書籍に不本意にも金を落とし
4℃のジュエリー質に流し　追い焚き設定4℃落とし
住人に返還しなきゃな礼金　そんなモン使っちまったよあたし
礼金で買ったエルメスバーキン　質に流しバイバイキーン

雑魚と　一緒にしないで　ザコート神宮外苑
駐車場　付きどーぞ駐めて　ポルシェカイエン
紙の月　神がかり　宮沢りえ怪演
颯爽とコートご帰宅　ザコート神宮外苑
A5ランクのお肉だからこ　そシンプルに岩塩

YUKIKO
Soo-Gab Kim

お買い物紀ノ国屋青山店　朝9時半開店
あたし左右非対称　だから矯正顔面
こんなラップもうしたくない　絶対やんない再演

第七幕　下山さん

登場人物
ユキコ……………景品交換所の女で東葛スポーツ主宰の妻
ルキノ……………出演者の山崎ルキノ
川崎……………出演者の川崎麻里子
明明……………出演者の菊池明明
羽鳥……………出演者の羽鳥名美子

ルキノ　今回の出演者ってどういう理由で決まったか知ってますか？　川崎さん以外はみんな小さな子供がいて、早く帰らなきゃいけないんですね。だから17時開演なんていう、楽天が開幕直後の春先に仙台がまだ寒いから少しでも早く試合始める時間みたいな、17時開演みたいなことになってるんですけど。19時開演のほうがお客さん入るのわかりきってますし、子供が病気して稽古休んだり、デメリット要素強いですよね。そうまでしてなぜ私たちに出演オファーを出したのか。この両替所でバイトしない？　ってオファーされた

全員　私たち4人なんですよ。

ユキコ　（登場）

下山さんっていう75歳の女性と二人でこの両替所を回してたんですけど、年齢のこともあって下山さんが昨年いっぱいでやめてしまったんです。両替所のバイトなんて、募集かけて探すものじゃないんですよ。扱ってるのがモロ現金じゃないですか。これ持ち逃げされたら終わりなんです。他のとこの両替所で、外からドアの鍵かけて中から開けられないようにしてるとこもあるんです。持ち逃げされないように。そんな人権を無視するようなことウチはしたくないので。となると、何をおいても信用できる人。これに尽きるわけじゃないですか。それでこちらの4人なんです。ルキノさんは持ち家だし幸せなご家庭もあって、それを壊すようなことするわけないので。あとチェルフィッチュの岡田さんのお芝居のツアーで一緒に日本を何周もしてるのでルキノさんがどういう人かくらいわかります。

ルキノ　あ、どうも。

ユキコ　川崎さんは、ちょうど10年前にね？

川崎　そうですね。

ユキコ　まだナカゴー入る前にね？

川崎　そうですね。

ユキコ　私が東葛スポーツっていうのがあるんだけど出ない？　って誘って。

川崎　そうですね。
ユキコ　それから毎年欠かさず手描きのイラスト入りの年賀状送ってくれて。ウチに毎年年賀状送ってくれるのって川崎さんと、宮崎吐夢さんと、光浦さんのマネージャーの人力舎の仲本さんだけだから。
川崎　そうなんですね。
ユキコ　川崎さんがどういう人かはわかります。川崎さんのお母さんを見ればわかります。
明明　あぁ。
ユキコ　ハルちゃん。
明明　うん。
ユキコ　本名で呼ぶのって私くらいじゃない？
明明　そうだね。
ユキコ　菊池明明になる前だからね、ハルちゃんとは。
明明　そうだね。
ユキコ　あれも10年前か。東葛スポーツっていうのがあるんだけど出ない？　って誘って。
明明　そうだね。
ユキコ　楽屋で「こんなのにナイロンの先輩呼べないよ」って、言ってたよね。
明明　そうだね。

ユキコ　でも今頃、岸田の選考でＫＥＲＡさんが東葛スポーツの台本を読んでる。
明明　そうだね。
ユキコ　そして、ウチの子が乗ってたベビーカーに今はハルちゃんの子供が乗ってる。
明明　そうだね。
ユキコ　ハルちゃんがどんな人かわかるよ。
明明　うん。
ユキコ　羽鳥さんは、私が演劇始めた頃の毛皮族で一緒になって。
羽鳥　そうだね。
ユキコ　私の一回目の結婚のときの、麻布十番温泉でやった結婚式の司会やってもらって。
羽鳥　そうだね。
ユキコ　今ご近所だしね。
羽鳥　そうだね。
ユキコ　ご近所で持ち逃げできないよね。
羽鳥　そうだね。

ラップ「ユキコモード」

ルキノ

昨日今日じゃねぇよ　竹のように一晩じゃ伸びねぇよ
ウチらの強固な信用度はよ　玄関のドアの鍵しなくても
眠れるよ　YO　眠れるよ　YO　YO　YOYOYO
それはそうとユキコ　聞くところによると

明明

過去KAATのお偉いさんとも　国名ついた劇団主宰とも
チェルフィッチュの共演俳優とも　今回の稽古場受付の人とも
（揉めてる）THE虎舞竜よりトラブる　その一歩がロードとなる
各楽屋で流布される　佐々木ユキコはマジイカれてる
まるで現状渡しのクラシック　メルセデス走らずまずトラブル
オーバーホールしてない中古のロレックス（そんなそんな　そんな感じ）

川崎　ときを刻む　ギザギザ　傷つけながら刻む　ギザギザ（そんで）
敵を刻む　ギザギザ　傷つけ傷つき　ながら刻む　ギザギザ

明明　過去キョートエクスペリメントの　上から何番目ってヤツがよ
チェル岡田さんに取り入ろうとよ　こと古都京都にもかかわらずによ
はんなりもせず下品によ　ペコペコじゃげんなりだろ
役者眼中ない蔑《ないがし》ろ　ついに切れたユキコ堪忍袋の緒
（言っちゃった）役者にゃ挨拶ナシで　岡田さんにゃ愛想マシで
役者の総意言ったったよ　さあ意気揚々と打ち上げ会場よ
ところがどっこいよそいつによ　いつ作ってたの？って名刺をよ
そいつにお酌して渡してよ　また呼んで下さいねだってよアイツらよ
（処世術　処世術）

ルキノ　少しは学んだよ　こんな人生42年やってりゃよ
コミュ障を晒してコメディーショー
もういいでしょ願わくば平穏な日常
だから家　だから家　だから家で毛布くるまって
藤井五冠の神の一手　ゴロゴロ寝っ転がってABEMAで見て
王将戦見て　ABEMAにて　王将戦見て　王将戦にて

トレードマークの羽生さんの寝癖が無いけど最近眠れてないの?
羽生さんイェー　羽生さんの家　奥さんイェー　畠田理恵
ホス狂いの記事週刊誌で見て　寝癖が無い羽生さん寝てないの?
演じ手　演じて　封じ手　禁じ手
演じ手　演じて　禁じ手　封じ手

少しは学んだよ　こんな人生42年やってりゃよ
コミュ障を晒してコメディーショー
もういいっしょ願わくば平穏な日常
だから家　だから家　だから家で毛布くるまって
藤井五冠の神の一手　ゴロゴロ寝っ転がってABEMAで見て

第八幕　日本語教師

登場人物
ユキコ……景品交換所の女で東葛スポーツ主宰の妻
ルキノ……出演者の山崎ルキノ
川﨑……出演者の川﨑麻里子
明明……出演者の菊池明明
羽鳥……出演者の羽鳥名美子

ルキノ　私は交通費が出ないっていうので断りました。
川﨑　私もそれを聞いてお断りしました。
ルキノ　私と川﨑さんって神奈川の割と深いとこに住んでるんですけど、私たちの所からここまで計算したら往復で軽く2千円以上かかるんです。交通費が出ないっていうので断りました。
明明　私は、子供を連れて仕事してもいいっていうのは好条件だったんですけど、パチンコ屋の喫煙ブースから出てるダクトと、両替所の換気扇の通気口が

羽鳥 ちょうど向かい合わせになってて、喫煙ブースから出た煙が全部入ってくるっていうのを聞いて断りました。これは流石に子供の未来のために。勿論私自身も嫌ですし。断りました。
私は、間違えた分は自己負担だっていうのを聞いて断りました。もし間違えてお客さんにお金を多く渡しちゃったりしたら、その金額を自分で負担しないといけないって。そうしないと例えばお客とグルになってわざと1万円多く渡して、1万円間違えましたぁって言って、それを両替所側が負担してたら間違え得になっちゃうでしょって。それとか、例えば私が1万円をポッケに入れちゃって、それをお客さんに1万円多く渡しちゃいましたぁって嘘ついて、それを両替所側が負担してたら嘘つけばつくほど儲かっちゃうでしょって言われて。信用されてないじゃんって。断りました。

一同、退場。

ユキコ 私、人生でいつかはフランスに住むって決めてるんです。それで、社会人入試で某国立大学のフランス語学科に入り直しまして。

[スクリーン] 学生証

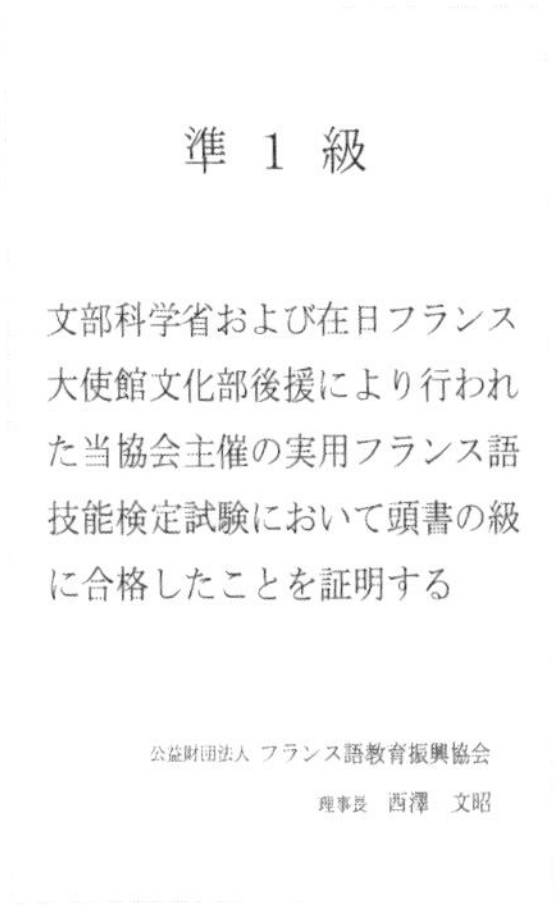
準 1 級

文部科学省および在日フランス大使館文化部後援により行われた当協会主催の実用フランス語技能検定試験において頭書の級に合格したことを証明する

公益財団法人 フランス語教育振興協会
理事長 西澤 文昭

[スクリーン] 仏検合格証書

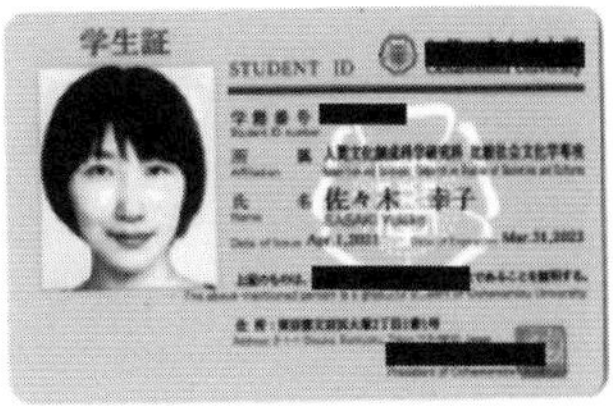

ユキコ

そこでいいこと知ったんですけど、外務省が所管する独立法人で国際交流基金っていうのがあって、海外に日本語教師を派遣する制度があるんです。採用されれば、フランスに日本語教師として何年間か派遣してもらうことができて、子供とか家族も一緒に連れて行けるんです。その費用も負担してもらえて。これ使って行かない手はないじゃないですか。倍率も凄くて狭き門なんですけど、せめて応募の条件はクリアしておきたくて、それには大学院卒であるのと日本語教師の実務経験が必要で、なので大学院の日本語教育コースに進んで日本語教師の資格を取りました。

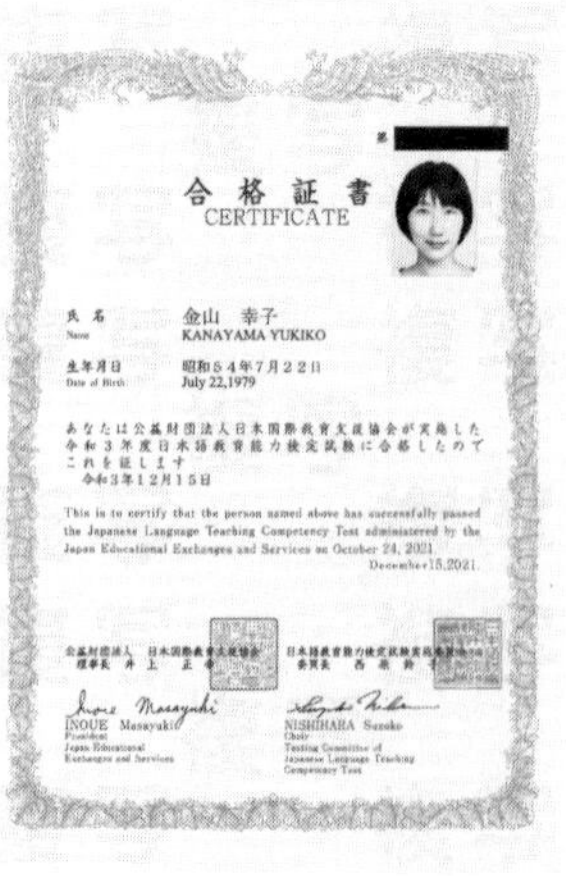
第[redacted]

合格証書
CERTIFICATE

氏名 金山 幸子
Name KANAYAMA YUKIKO

生年月日 昭和54年7月22日
Date of Birth July 22,1979

あなたは公益財団法人日本国際教育支援協会が実施した令和3年度日本語教育能力検定試験に合格したのでこれを証します
令和3年12月15日

This is to certify that the person named above has successfully passed the Japanese Language Teaching Competency Test administered by the Japan Educational Exchanges and Services on October 24, 2021.
December 15,2021.

公益財団法人 日本国際教育支援協会
理事長 井上 正幸
INOUE Masayuki
President
Japan Educational Exchanges and Services

日本語教育能力検定試験実施委員会
委員長 西原 鈴子
NISHIHARA Suzuko
Chair
Testing Committee of Japanese Language Teaching Competency Test

［スクリーン］日本語教育能力検定試験合格証書

ユキコ　今は週に一日、日本語学校の教師をやっています。ですが両替所の人手が足りなくて今お休み貰ってて、早く新しい人を見つけて授業に戻らないといけないんです。

一同、日本語学校の外国人生徒として登場。

ユキコ　（フランス語で）Alors《アロー》, Répétez《レペテ》 après《アプレ》 moi《モワ》, s'il《シル》 vous《ヴ》 plaît《プレ》.

それでは私の後に続いて言って下さい。

一同　あ。

ユキコ　ア。

一同　い。

ユキコ　イ。

一同　う。

ユキコ　ウ。

一同　え。

ユキコ　エ。　エ　エイ　エイ（次第にラップの合いの手に）

ラップ「ニホン語教師」

ユキコ

ひらがな　カタカナ　より身につけな刀
ガタガタ　言うヤツにゃ　突きつけなわかったな
わたしは　あなたは　は　つけなくても通じんだ
面倒な主語は省きな　運命共同体だからな
なぜなら　極東に浮かぶちっぽけな島国だからな
はみ出しゃ海にドボンな　常にお国が主語だウチらわ
よくもまぁ　こんな国来てくれたあんたモノ好きだな
気に入った　一緒に乗るか沈みゆく大和にな

フック

ニホン語　教師ニホンの２分後　教示
ニホン語　教師ニホンの２分後　教示
ニホン語　教師ニホンの２分後　教示

ユキコ

ニホン語　教師　エイ　エイ
アニメか？　図星か？　親日んなった理由は？
決めつけちゃ悪いか？　ポケモンか？　鬼滅の刃か？
いつの間にか　ポッケにパケを積めて捌くヤクのバイヤー
甘い誘い乗るな　何人も見たんだ末路をな
てにをはは気にすんな　手にお縄は回すな
ややこしいヤツ来るから　ビザが切れる頃にな
技能実習生にゃ　厳しいぞこの国は
ようこそって呼んで　5年後用済みって呼ぶから
入管は行っちゃいかん　外国人への先入観
とどのつまり島国　ペリーが来たのは作り話

フック

ニホン語　教師ニホンの2分後　教示
ニホン語　教師ニホンの2分後　教示
ニホン語　教師ニホンの2分後　教示
ニホン語　教師　エイ　エイ

ユキコ

驚いたか　とんかつ屋のおかわりシステム

ごはんに味噌汁　まさか葉物までキャベツ
差別も　食べなおかわり　遠慮すんなサービス
日本人は単一　民族であるからして
って　副総理の先生が言うぐらいだから
辛いな　せめて和幸おごるから先生が

第九幕　保育士

登場人物
ユキコ………景品交換所の女で東葛スポーツ主宰の妻

［スクリーン］保育士証

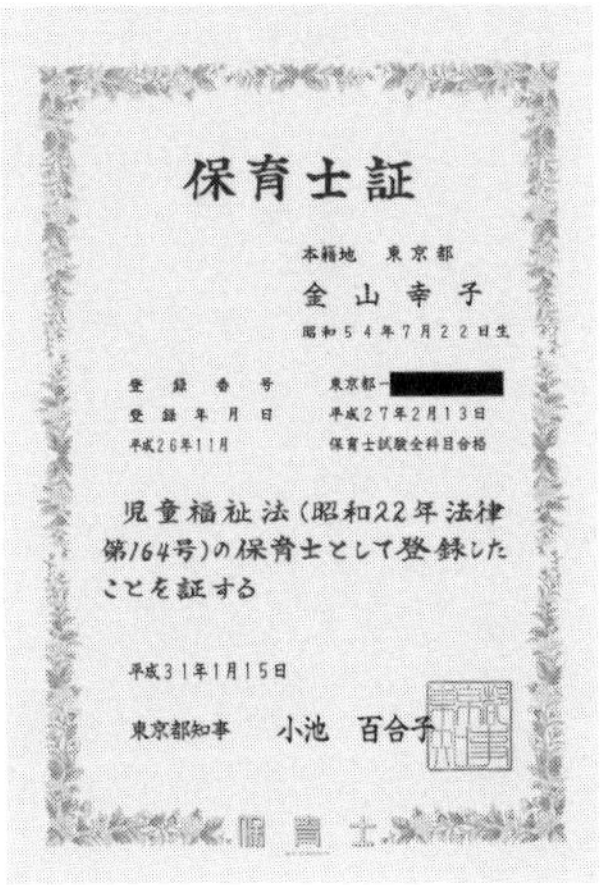
保育士証

本籍地　東京都
金山幸子
昭和５４年７月２２日生

登録番号	東京都－[redacted]
登録年月日	平成２７年２月１３日
平成２６年１１月	保育士試験全科目合格

児童福祉法（昭和22年法律第164号）の保育士として登録したことを証する

平成３１年１月１５日

東京都知事　小池　百合子

保育士

Act VIII: Childminder
CHILDCARE DEATH

ユキコ

ラップ「保育死」

これまで　保育園側の落ち度・過失によって亡くなった
すべての園児たちへ　安らかに

わたしは　保育士になっちゃいけない
人の命　預かっちゃいけない
5年以下の懲役　100万以下の罰金
業務上過失致死じゃ浮かばれない
わたしはきっと　ドジ踏むから
園バスのシート　置き去りの児童　どうしよう
東京都　小池百合子授与　保育士証
とあと　東京都　精神障害者手帳

3級のあたし　日常または
社会生活が　制限を受けるか
日常または　社会生活に
制限を加えることを必要とする

わたしは　保育士になっちゃいけない
人の命　預かっちゃいけない
5年以下の懲役　100万以下の罰金
業務上過失致死じゃ浮かばれない
わたしはきっと　ドジ踏むから
園バスのシート　置き去りの児童　どうしよう
東京都　小池百合子授与　保育士証
とあと　東京都　精神障害者手帳

第十幕　人生に幸せをもたらすものは何か

ユキコ

登場人物
ユキコ／景品交換所の女で東葛スポーツ主宰の妻

メンタルクリニックの先生に「この経歴を見るだけでわかるね」、って言われました。過集中なので資格とか試験とか全部受かっちゃうんですよ。

［スクリーン］宅建合格証書

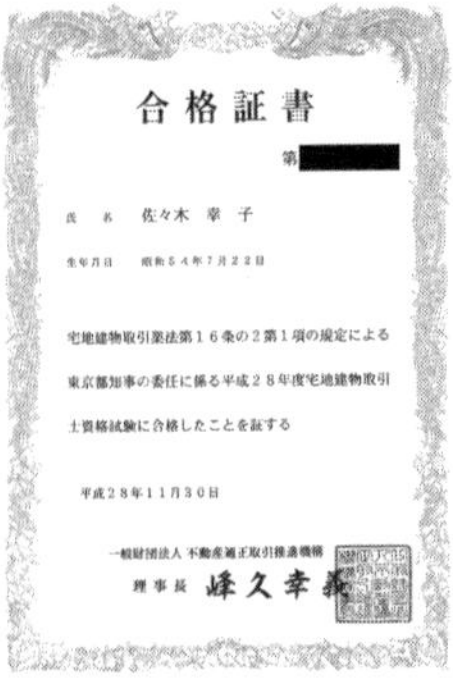
合格証書

第[redacted]

氏　名　佐々木 幸 子

生年月日　昭和５４年７月２２日

宅地建物取引業法第１６条の２第１項の規定による東京都知事の委任に係る平成２８年度宅地建物取引士資格試験に合格したことを証する

平成２８年１１月３０日

一般財団法人 不動産適正取引推進機構
理事長　峰久幸義

ユキコ　私宅建も持ってたりするんですけど、「重要事項説明」と言って、不動産契約の際には必ず宅建士が宅建士証を提示して説明することが義務づけられていまして、これから私についての重要事項をご説明させて頂くので、こちらを提示させて頂きます。

［スクリーン］宅建士証

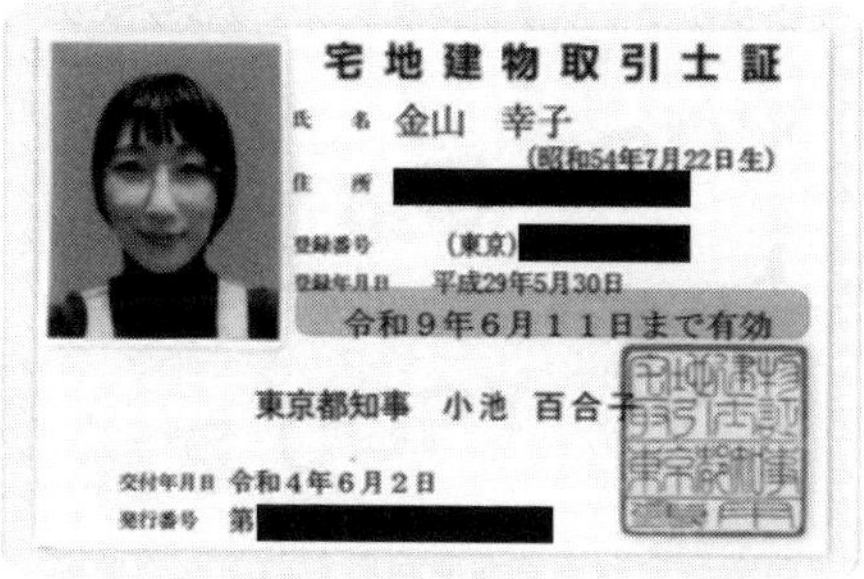

ユキコ

私、自閉スペクトラム症というASDと言われる生まれつきの発達障害があることが、子供を出産した後に判明しまして。結構重度の。それについてこの後とうとうと描こうというのは全然なくて、この後ラップ2〜3曲やって終わるんですけど。

なんか「東葛スポーツきてる」みたいにちょっとなってるじゃないですか。勿論狭ーい界隈でですけど。

私が出てた頃のって、暗黒時代扱いになってるんですよね。1987年から2001年の阪神タイガースみたいな。15シーズンのうち10回最下位になるみたいな。またやりたくなっちゃったんです。お芝居というかラップがです。

自分の性格わかってるつもりなので夫に言っておいたんです。

「もし私がまた演劇やりたいって言い出したら絶対に止めて下さい」って。

だから止められました。

でも、それで止まるようなら私も障害者手帳3級貰えてませんから。止められて止まるようなら、東京国立博物館もタダで入れませんし、所得税も相続税も控除されませんから。

[スクリーン] 今公演のメインビジュアル

一同　（登場）

ユキコ　今回の出演者は、この両替所のバイトに誘うために選んだ4人って言いましたけど、それもあるんですけど、この4人しかいないんです多分。私と一緒に演劇やってくれるかもって人。それくらいトラブル起こしてきてるんです。

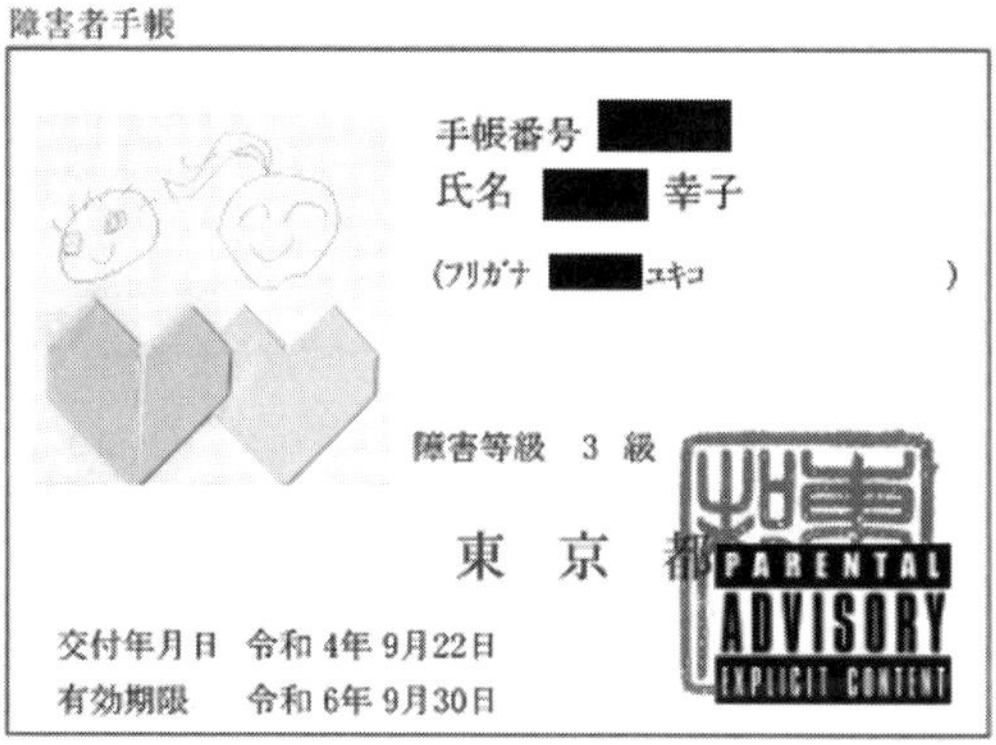
障害者手帳

手帳番号 [redacted]

氏名 [redacted] 幸子

(フリガナ [redacted] ユキコ)

障害等級　3　級

東　京　都

交付年月日　令和 4年 9月22日

有効期限　令和 6年 9月30日

一同

ハーバード大学の研究チームが「人生に幸せをもたらすものは何か」っていうのを85年にもわたって研究していて、その研究結果がこないだ出たらしいんですけど、人生に幸福をもたらすものは「人とのつながり」なんだそうです。85年にもわたって「人生に幸せをもたらすものは何か」って研究してる俺たちのつながり、これこそが幸せだったんだ！　って、どうやら気がついたらしいんです。
5人でラップできて幸せでした。
私、この両替所の仕事が本当に大好きなんです。ここなら誰ともトラブルを起こすことはないので。ありがとうございました。両替所の仕事に戻ります。

[舞台]　交換所の小屋の壁面が降下し、ユキコの姿は見えなくなる。

お前んちの住所　調べるのに10秒
お前んちの住所　調べるのに10秒

ラップ「お前血の重傷」

登場人物
A…………Aパート担当
B…………Bパート担当

フック
お前んちの住所　調べんのかかんねぇよ10秒
銃刀法違反にてご愁傷　まぬがれねぇよお前血の重傷

A
岸田戯曲賞　と引き換えになこの代償
払えよお前んちパチ屋だろ　恨むんならお宅の旦那を

B
晒し過ぎ過ぎ過ぎ過ぎ過ぎすだろ
個人情報情報情報情報情報情報

A

小学生の子供もよ　部屋番号見られっないようによ
インターフォンでオートロック解除んときよ
あの小さい手でこう隠すだろ

B

偉い偉い偉い

A

エレベターでもよ　二人きりになりそうなときよ
人相見極めお先にどうぞ　よく仕込んでんなタワマンの父母
そんなご時世によ　ご丁寧に両替所 ZOW だとよ
女一人で入ってますからと　言われたこっちの身んなれよ
そんじゃ一丁襲うかって気にも　なっちまうだろお客さん的にも
くすりとする程度の　毒にもクスリにもならねぇような演劇とはよ
永遠よチョアヨ　リスクは取れよ　そらそうよアレ取るためだろよ
行くからよ

フック

お前んちの住所　調べんのかかんねぇよ10秒
刀法違反にてご愁傷　まぬがれねぇよお前血の重傷

B

エクスキューズミー
フィリピーナみんなに訊いてみな笑うから
身柄拘束されたアイツがルフィかって?
フィリピンのマニラで今　moneyにまみれて
マルコス大統領とパッキャオとサンミゲル
渋谷警察署のあいつはルフィの影武者本物はマニラでムシャムシャ
ごちそう食いながら片手のスマホでハコ屋におろして受け子に出し子

A

ルフィのカラオケ十八番　アルフィ
ルフィのお財布はお箱　アルフォート
ルフィの移動手段　エグゼクティブブラウンジアルファード
ルフィの女のナプキン　ソフィ
ルフィの好きな芸人　ゾフィ
ルフィの口癖　是非
ルフィの好み　パフィで言うと亜美
ルフィについての色々　もういい

フック

お前んちの住所　調べんのかかんねぇよ10秒
銃刀法違反にてご愁傷　まぬがれねぇよ

A

お前血の　お前血の

ルフィからのテレグラムたたき実行部隊

直ちに実行部隊　ただし今舞台

今舞台　今舞台　舞台上で実行部隊

［舞台］　換金所の小窓から血が流れる。

第十一幕　アウトロ

保険

登場人物
保険………綜合警備保障株式会社柏支社の〇〇

（声）もしもし、私綜合警備保障株式会社柏支社の〇〇と申します。お入り頂いております動産総合保険の件でお電話いたしました。今回強盗被害に遭われたということで、保険金額といたしまして、お掛け頂いてる保険条件の上限３０００万円を満額お支払いさせて頂きます。お支払いの手続きが整い次第またご連絡させて頂きます。それでは失礼いたします。

［テロップ］お客様へ。この演劇は決して強盗犯罪を助長するものではございません。

［テロップ］同業者へ。この演劇は決して狂言強盗を助長するものではございません。

ラップ「JUST WANNA LOCK」

登場人物
A…………Aパート担当
B…………Bパート担当

A　ユキコ　ユキコーーーーーーーーーーーー WOAH
自閉か？　自制か？　自閉の自衛か？

B　Ea　玄関のロック　ココロのロック　外すんだ da,da,da,da,da,da
すべてのロック　すべてのFUCK
待ってるんだほら見てみんみんみんみん　みんな　目をな
皿のようにしてさ　猿回しはもう見飽きた
どうすんだ？　ユキコ答える番だ

A　Hands up　3　2　お客さんに　1　0
ユキコ答える番だ
ユキコ　ユキコーーーーーーーーーWOAH
自閉か？自制か？　自閉の自衛か？

A・B　Buh,buh,buh,buh　(×8)

A　ユキコ

A・B　解除LOCK　してしろ会場ROCK　(×4)

ラップ「自己紹介」

登場人物
ユキコ……出演者の佐々木幸子
川﨑……出演者の川﨑麻里子
羽鳥……出演者の羽鳥名美子
明明……出演者の菊池明明
ルキノ……出演者の山崎ルキノ

ユキコ

成績表はオールA　トラブルっちゃうのはオールウェイズ
対人関係ワンウェイ　関係ねぇ今ランウェイ　ASD
夜は泣き枕濡らし不眠　名物夜鳴きそばドーミーイン
減少してる脳内のドーパミン　What that means　ASD
フランス語読めても空気が読めない　すぐに聞かれる「怒ってる？」

川﨑

だから怒ってないって！　ほら怒ってんじゃんって
すぐに引かれるＡＳＤ
やめて抽象的な　言い回しやめて　春樹その比喩にまみれた描写
ＡＳＤに遠回し通じない　４日お通じない　ＡＳＤ
じゃない　これは過敏性腸症候群　ＡＳＤ
に話戻そう　あちゃこちゃすんのは　ＡＤＨＤ
物すぐ無くす　また買い直す　だから定型発達より金倍かかる
劇薬ストラテラ　２錠飲んで日常生活やっとこさ
前の旦那はカサンドラ　あたしを称してジェットコースターだとさ
あとさ　遺伝すんだとさ　もし診断後じゃ産んでなかったかもな
これについてはマジ雲泥の差　するつもりはないのよママと子讃歌
延長￥超シッター代がバリ嵩むから　お先に帰らせて頂きますわ

マザファキン尺貫　サブロク平台組み上げる舞監
傍観よりも暴漢　ステージ上からショット言葉のボーガン
達観か楽観どっちみち完　場合じゃねぇぞコタツでみかん
未完の大器も一生待機じゃしょうがねぇじゃん
みかん箱乗ってジャンプ
あるぞ時間　いやねぇぞ時間　あるな？慢心　ねぇな危機感

羽鳥

キンコンカン合格の鐘　どの自慢　のど自慢？　ほぼ自慢
自分のマン○自慢するビッチ　自分の出番自慢する川崎
ほりぶん『かたとき』東葛『パチンコ』岸田の候補に両方出てる

生まれも育ちも葛飾金町　演劇やってるヤツ大体友達
産後の肥立ちはとっくの昔　三願之礼受け舞台に復帰
久々だし取り急ぎに足立　マブダチ東葛スポーツで肩慣らし
シアターコクーンクラス女優あたし　岸田候補に当て書き書かし
パルコ劇場クラス女優あたし
松尾スズキにケラリーノ・サンドロヴィッチ
３５００円であたし見れるのお値打ち
安心しな峰打ちじゃなくてガチ
つまんなかったの？　いいじゃん別に　芸術劇場ままごと『わが町』
包容力まるごとわが町　金町ママだし手にキリン本搾り

明明

家から歩いて草枕　家から歩いて伊勢丹この距離感
家賃は高いよそりゃ若干　治安も悪いよほら暴力団
事務所だらけの警官だらけの　それがデフォルトわが町の景観
袖触れ合うもんヤクザと役者　芸能と興行の花園神社

あるけど空っぽじゃん紅テント　やりやがった唐十郎カラ出張
子供を学童に預けてアクト　そんなことする母親は悪党？
善と悪なんてもうボーダレス　勧善懲悪なんてもうナンセンス
千代田区じゃ国会議員が悪さし　新宿区じゃＺ李が炊き出し

ルキノ

お宅に一冊家庭の医学　舞台制作は過程の美学
子を寝かしつけ叩き込むリリック　子が起きるまでにはそらでラップ
睡眠時間を削るがシンプル　目の下のクマ隠すサングラス
貧乏臭ぇから努力とプロセス　匂わせないのがプロです
なにこれ『コクーン』のクラファンやってんじゃん
あたし聞いてないんだけど
あ　これ　あたし出てないバージョンね？　こりゃまた失礼しました
問題です　あたしがやってるユニット３つのうちどれでしょう
良い子ワルイコ普通の子　ヒント　スシローに訴えられる子　正解

［カーテンコール］

終演

あとがき

まずはじめに、ミン・ジン・リー著の『パチンコ 上』と間違えて本著を購入された方いらっしゃいますか？　申し訳ございませんが、お客さまのご都合による返品や交換などはお受けしておりません。

生まれて初めて本を出版するので、生まれて初めてあとがきを書きます。

演劇においてはアフタートークがあとがきにあたるものですが、僕は演劇のアフタートークが大嫌いです（特に終演後間髪入れずに始まり、お客に帰る猶予を与えてくれないタイプの）。立川談志が、「俺の落語には、問いと、その答えと、それに対する解説まで入っている」と言っていました。遠く及びませんが、僕もそんな演劇を目指しているので、終演後にベラベラと喋るようなことがあるなら劇中に入れてくれよと思ってしまいます。そんな僕ですが、これより２０００文字程度をメドにベラベラとあとがきを書きます。

このたび、おかげさまで第67回岸田國士戯曲賞を受賞することができました。僕は、この岸田國士戯曲賞を明確な目標として演劇をやってきました。それが〝ルール〟のように思ってやってきました。僕はヒップホップから受けた衝動を、そのまま舞台に乗せたような演劇をやっています。ヒップホップにはヒップホップの〝ルール〟や〝マナー〟が存在します。勿論それを逸脱して表現する方法もあっていいのですが、僕はルールやマナーに則った上で競うヒップホップに魅力を感じます。僕が身を置くフィールドの頂きが岸田國士戯曲賞であるとするならば、そこを目指すのがルールでありマナーだと思ってやってきました。これは人それぞれ考え方があるので、僕はそう考えていたというだけです。

ZORNのLIFE STORYという曲のリリックに、「武道館の翌朝も俺は作業着」というラインがあります。これは武道館でライブした翌日も作業着を着て現場仕事をやっているというZORNのリアルな日常を描写した歌詞です。今回、「パチンコ（上）」と併録されている「ユキコ」を読んで頂ければおわかり頂けるかと思いますが、僕の妻は仕事で日常的にパチンコ屋の景品交換所に入っています。この上演の千秋楽の翌日も妻は交換所に入っていました。「楽日の翌朝も妻は交換所」です。

ZORNさんと僕のご縁について書きます。といってもこちらが一方的に意識しているだけで、ZORNさんが僕を認識していることはないと思います。

実は一時期、同じカフェを利用していました（最新アルバムの『Leave Me Alone』という曲で身バレする憂鬱について歌っているので場所を特定できるような情報は伏せます）。

僕が子供を幼稚園に送り、カフェで演劇で使うラップのリリックを書いていると、数席先でＺＯＲＮさんがノートを広げリリックを書いているという日が幾日もありました。ＺＯＲＮさんはノートパソコンやiPhoneではなく、自身の歌詞のとおりに、ノートにモンブランのペンで書いていました。この事例だけをもってリアルだフェイクだの言うつもりはありませんが、「あ、本当にモンブランで書いてるんだ」と思いましたし、頻繁に喫煙ブースに立つ姿を見ては、「マールボロメンソール本当によく吸うなぁ」と思いました。このとき僕が書いていた台本が本受賞作の「パチンコ(上)」です。この戯曲にＺＯＲＮさんが影響した部分は少なからずあったと思います。

そして念願だった岸田國士戯曲賞を受賞できたわけなのですが、さてここからが問題です。

ヒップホップに不可欠な反骨精神とか不平不満からくる怒りなど、ヒップホップを突き動かすエンジンを、僕は持ち続けられるのでしょうか。

本心では現状に満足しているのに怒ってる体を装うか、環境問題とかもっとデカい視点で怒りの矛先を見つけるか、正直に俺には怒ることがないんだと怒るか。

とにかく怒っていないヒップホップに魅力を感じない僕は、己の行く末を心配しています(桁違いに金持ちの海外ラッパーのように、豪遊している毎日をただラップすれば様になるというところまで行けるわけもないんですし)。

そんな折の3月31日に、このような通知が届きました。

事　務　連　絡
令和５年３月

各　位

独立行政法人日本芸術文化振興会
基金部芸術活動助成課

令和５年度芸術文化振興基金助成金交付要望書審査結果について

このたびは、芸術文化振興基金助成金に御応募いただきありがとうございました。

御応募いただいた活動については、審査の結果、同封しました通知書のとおり、残念ながら不採択となりましたので、お知らせいたします。

なお、当振興会内の文書の取り扱い方針にしたがい、当基金部から発出する通知文書に公印の押印を行わないことにいたしました。

【お知らせ】令和６年度以降「助成の対象となる者」の変更について
令和５年度募集までは、「美術の創造普及活動」「多分野共同等芸術創造活動」の区分においては「助成の対象となる者」として「芸術団体」および「芸術家個人」を対象としておりましたが、令和６年度以降は、すべての区分において「芸術団体（実行委員会等の任意団体を含む）」のみを対象とすることと変更する予定です。詳しくは事務局までお問合せください。

本件連絡先　独立行政法人日本芸術文化振興会
基金部芸術活動助成課
TEL:　音　楽 [redacted]
舞　踊
演　劇
伝統芸能
多分野
FAX:
Email:

芸基金第[redacted]号
令和５年３月31日

東亜スポーツ
代表　　金山　壽甲　殿

独立行政法人　日本芸術文化振興会
理事長 [redacted]

令和6年度芸術文化振興基金助成金交付要望書審査結果について（通知）

令和4年11月15日付けで提出のありました下記の助成金交付要望書に係る活動については、不採択となりましたので通知します。

記

活動名

東亜スポーツ『パチンコ(下)』

日本芸術文化振興会から届いた助成金不採択の通知です。

この審査結果に不満があるとか怒っているということでは毛頭ないのですが、僕のヒップホップを走らせるエンジンに火を入れてくれたような感覚を覚えました。と同時にTHA BLUE HERBの1stアルバムに収録されている「孤憤」という曲の一節が聴こえてきました。「ひょっとして何か成し遂げたつもりでいるんじゃねぇだろうな？ ＹＯ」。

おっしゃる通り、成し遂げたつもりでいました。

「お前はまだそんなステージに立っていない」ぞと、日本芸術文化振興会こと通称「芸文」さんが僕にわきまえるべき身分を教えてくれたのかもしれません。とはいえ、『パチンコ(下)』という演目で助成金申請の応募をしているあたり、我ながらヒップホップマナーに則した行動だなと思いました。『パチンコ(上)』のラストであれだけ「続編はやらない」と結んでおきながらのこれですから。ラッパーの引退宣言ほど信用ならないものはないんです。

最後にネームドロップを。

板橋駿谷さん、森本華さん、名古屋愛さん、川﨑麻里子さん、宮崎吐夢さん、湯山千景さん、枡永啓介さん、小山内ひかりさん、おにぎり海人さん、小西萌猪子さん、大蔵麻月さん……これ以上続けると編集の和久田さんがさらに徹夜をしなければならなくなるので続きは授賞式の二次会で改めますが、『パチンコ(上)』を一緒に作ったすべての人たちに感謝を。これまで東葛スポーツに携わってくださったすべての人たちに感謝を。そして佐々木幸子さんと家族に感謝を。和久田さんはじめ白水社の皆さん、装丁をしてくださった奥定さん。僕が死んだとき棺の中に入れて焼いたら有害な煙が出そうな、こんなギンギラギンにかっこいい本に仕上げてくださり本当にありがとうございます。

最後の最後に、ミン・ジン・リー著の『パチンコ 上』と間違えて本著を購入された方へ。

ここまで読んだってことはそれなりに面白かったってことなんじゃないですか？

間違えたのもそれはそれでよかったってことなんじゃないですか？　最後まで読んで頂きありがとうございました。

二〇二三年四月

金山寿甲

Rap Playlist

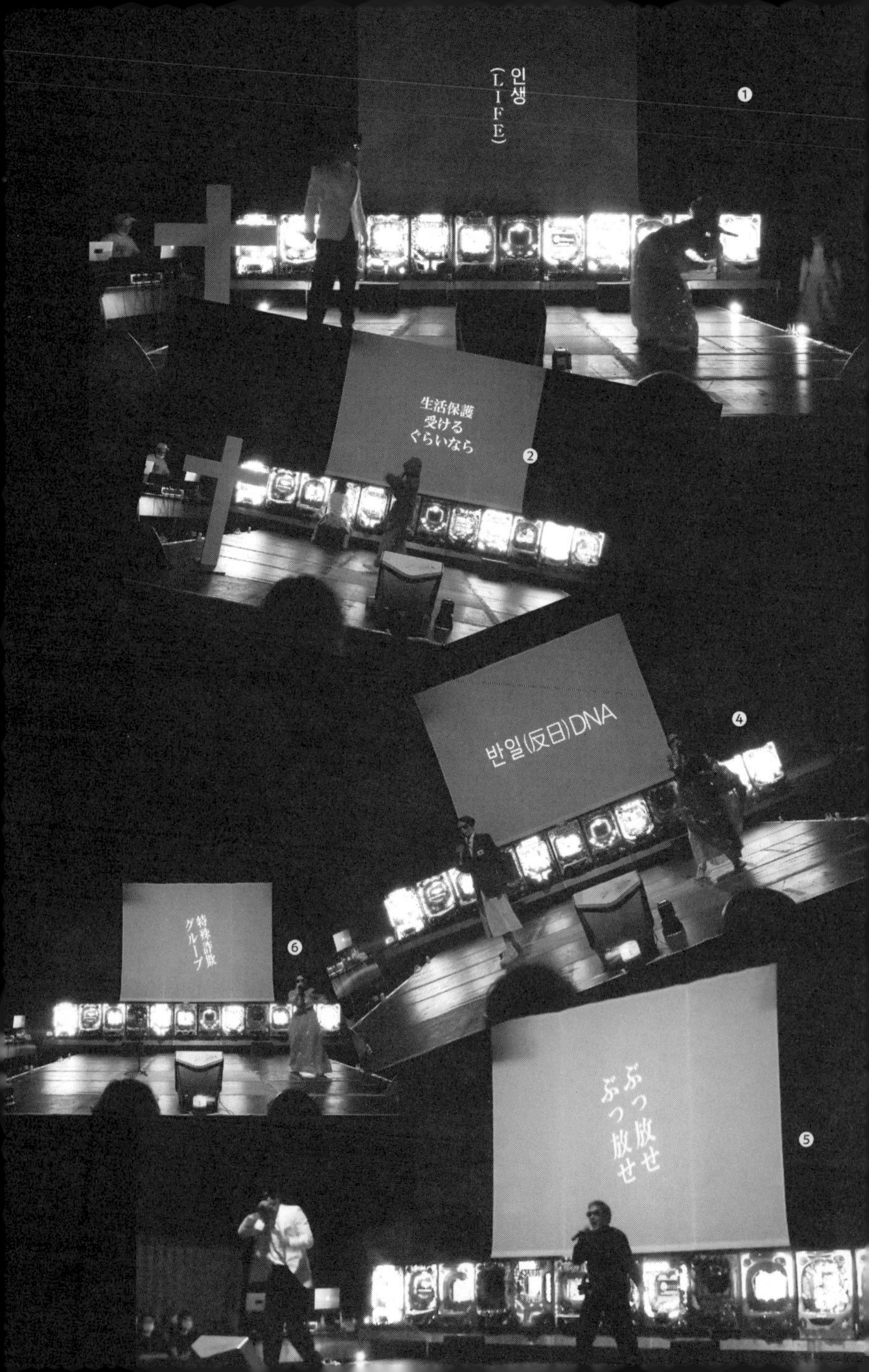

인생
(LIFE)
❶
生活保護
受ける
ぐらいなら
❷
반일(反日)DNA
❹
特殊詐欺
グループ
❻
ぶっ放せ
ぶっ放せ
❺

パチンコ（上）

baby don't you cry
（赤ちゃん泣かないで
赤ちゃん泣かないで）

③

捨てろ
NISA

⑦

パチンコ上

⑨

PACHINKO

⑧

①
お前んちの住所(どこ)
②
PACHINKO
③
軍艦マーチ
④
だから しまむら
⑤
真実の口
⑥
寂しがりや
がりや
がりや
さみ
さみしい
さみ
寒ぃし
さみしい
⑦
♪Tシャツ
⑧
ザコート
神宮外苑

⑬
解除LOCK

ついに切れた
ユキコ堪忍袋の緒
⑨

⑭
岸田の候補に
両方出てる

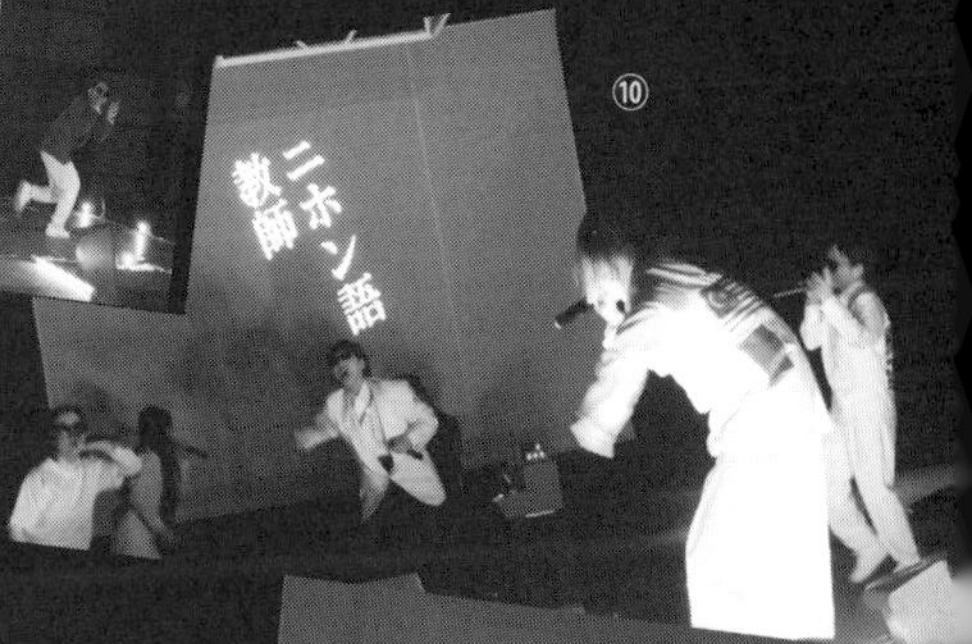
ニホン語
教師
⑩

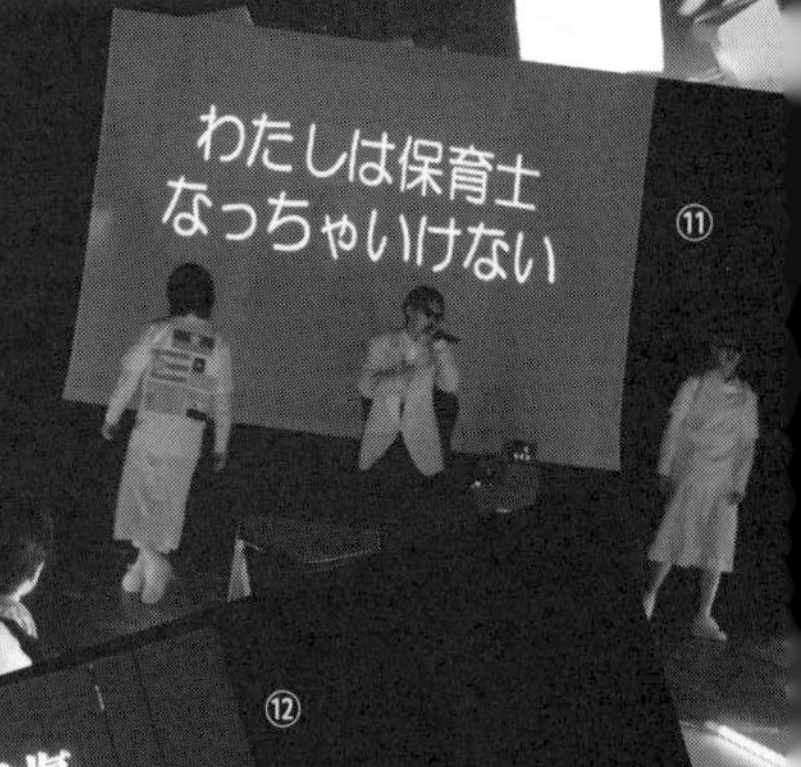
わたしは保育士
なっちゃいけない
⑪

⑫
お前血の重傷

ユキコ

上演記録

パチンコ（上）

公演日程：2022年9月16日〜20日　シアター1010 稽古場1

作・演出：金山寿甲

出演：板橋駿谷、森本華、川﨑麻里子、名古屋愛、宮崎吐夢

スタッフ

舞台監督・照明：湯山千景
演出部：桝永啓介
音響：おにぎり海人
音響オペレーション：薮田顕都
小道具：小山内ひかり
美術製作：大津英輔
演出助手：小西萌猪子
撮影：渕野修平
制作：大蔵麻月

ユキコ

公演日程：2023年2月17日〜20日　シアター1010 稽古場1

作・演出：金山寿甲

出演：佐々木幸子、菊池明明、川﨑麻里子、羽鳥名美子、山崎ルキノ

スタッフ

舞台監督・照明プラン：湯山千景
舞台監督：桝永啓介
演出部・照明オペレート：前田和香
音響：おにぎり海人
小道具：小山内ひかり
美術製作：大津英輔
撮影：渕野修平
制作・演出助手：小西萌猪子

A－②

活動の継続
再開のための
公演のために

でけぇ賞レース
北千住マルイでも安田が四角く収める　キューブからの刺客

ϟ神谷圭介（テニスコート）
勝手に吠えてろ　若いうちはそれでいい　俺もそうだった
若いうちの苦労は買ってでも素人　苦労と思ってるうちは辿り着けない玄人
睡眠は死の従兄弟　ライバルが寝てる隙に何をすべきかを考えろ
3食ついて最低8時間は寝たいんなら入ってろ刑務所
SEIKOが時を刻む　せいこうフェスの夜を刻む
NTT　これは電電公社の話じゃない　ナカゴー東葛テニスコート
東京体育館　1万人の前でやったコント　拾ってもらったスターダスト
スターだらけの打ち上げ会場　隣には岡村ちゃん
夢にしたくなかった　寝たら嘘になるようで怖かった
俺はその夜一睡もせずに目をバッキバキにしながら一本のコントを書いた
翌朝見直すと駄作だった　それでもいい
傑作を書こうとしてモジモジと一文字も書き出せないってヤツが一番の愚作
相棒のマック　リターンより酷使するデリートのキー
書いては消して消して　でも決して書く衝動の灯火は消さない
ボツネタの数だけ強くなる　睡眠不足でボツボツが出る
大河のメイクさんがドーランで隠す　これはまだ言っちゃいけない
詳細は隠す

ϟ塚本直毅（ラブレターズ）
ライブ会場の裏口　相方の溜口　ギリギリまでネタ合わせする非常階段
コロナ禍のこんな年だからこそ　コント師ができることを
笑いを届ける　今はまだ笑える気分じゃないなら無理強いはしない
不在表入れとく　下駄箱にそっと入れとく　ラブレター
それがいつか俺たちラブレターズ単独のチケットに変わる
来年のいつ　それはわからない　俺は神じゃない
俺たちのラブレターも紙じゃない
だから破れない　夢破れない
ライブが何本も飛んで失業した同業者の分まで
難問に挑む笑いのABC予想　アッシュ＆D
静岡でくすぶってた俺に言ってやる
15年後　お前はシティボーイズと囲んでるぜDの食卓
無名のうちは夢を持てる　ちょっと有名んなって女にモテる
そんでこんなもんでいいやって夢を捨てて現実に折り合いをつける
俺は掃いて捨てる　まだまだこのポジションに甘ん汁は出さない
キングオブコント　キングの称号　あの頂きを頂くまで
だから俺はこの16小節をよいお年で締めない
まだやることがある　ネタ帳を閉じたとき
そん時がコント師の死

ϟ川崎麻里子（ナカゴー）
ながら演劇はしない　ベケットみたいにボケっとゴドーを待たない
こめかみに突きつける銃　37.5度以下を待ちながら
PCR検査より　部屋にMPCあるか検査　陽性
身体中にたぎる　ヒップホップの熱いAKAI血
コロナの抗体　政権交代がないこの国は持たない
民主主義の抗体
仮定の話には答えないって政治家に未来は語れない
金んならないけど片手間にしない　石田純一が回る18ホール
その間にこっちはレコ屋回ってネタを掘る
テクニクスに針を落とす　月2万はユニオンに落とす
この音っす　飛ぶ鳥を落とすより演劇無党派の寝た子を起こす
劇場の灯を消すな　そんな台詞恥ずかしくて顔から火が出る
悠長なこと言ってられないのは　ゆうちょ残高を見れば火を見るより明らか
村上春樹が納屋を焼く　消防法無視で笑いを焼く
お客さんの声なき声を読む　マスク越しに読む読唇術
来年のことを言えば鬼が笑う　なら笑わす　来年も必ず
Ａ－②　活動の継続　再開のための公演のために来てくれた皆さんのために

北風を背に左手にスカイツリー　つまり東京の東のどん詰まり
矢切の渡し　江戸川渡れば都落ち
23区の死角葛飾区　黙殺されることに臆することなく
耳障りな言葉を小節にはめてく
立石で呑んでるウチらに言ったって焼け石に水
コンプライアンスよりプライスレス
金にならない言葉をぶっかける立て板に水
セッション22に出てるジェンダー評論家に怒られても貫くんだよイロモノは
東葛スポーツ反省の色なし
お行儀が悪いのは文化資本の低さ　だから知る黒と白と外と中
ブルデューに教えてやるぜホッピーの飲み方
標高0メートル地区　だからこそ空が高く見える
底辺駆け抜ける高さ÷2　目を三角にして露悪に
ヤツなら今頃どんな演劇やってたかな
命日にブラックサバスを聴く　悪魔のしるしへの哀悼のしるし
生きる証は何だって話　演劇を続けることだけが正解じゃない
正解でも不正解でもどの道最期は死後の世界
石頭って言われても意志を貫く　石みたいにここに留まる
アクセルを踏むか　ブレーキを踏むかは自分で決める
踏み間違えてもプリウスのせいにしない　上級国民なら下級で上等
ハイブリッドよりサンプリング　KOHHより年の功トラップに興味ない
世間に散々ツバ吐いて　困った時にはお恵みを
虫がいいにも程がある　でも虫が生きてんのにも意味がある
文化と芸術で腹は膨らまない　でも人間には必要なんだよ古代からコレが
ギリシャ悲劇に始まり　極東の芸者が一撃で仕留める

8時だよ落ちてくるタライ　一大事だよ落ちてゆく未来
全員集合　志村うしろ　が俺たちの後ろ盾　だいじょうぶだぁ
8時だよ落ちてくるタライ　一大事だよ落ちてゆく未来
全員集合　志村うしろ　が俺たちの後ろ盾　だいじょうぶだぁ

BONUS TRACK

⑥　自己紹介

森本華（ロロ）
フロムロロ　四角い2つのさみしい窓
拘置所　窓のない部屋のさみしい河井案里
ロロではいつ高　ここではイタコ
レスト・イン・ピース木村花さん　森本華同じハナのむじな
テラハに便乗言論封鎖目論むタカ派
ワイドなショーのしょうもないコメント　他意は無くても腐っても他意
ダウンタウンよりもとんねるず貴派　森本華ここでマイクを焚べる
喉元過ぎても　森本の熱さ忘れさせない
金の切れ目　煙の切れ目がニコチンの切れ目
でもキレねぇ　3ヶ月継続中の禁煙
はんこレスでも実韻踏みまくる理由なき反抗
デジタルよりアナログ　アト6二度と呼ばれないここの主宰
捨てる神あれば拾う亀有　地区センター会議室2
ディスタンス保ち稽古重ね　演劇で起こすレジスタンス
木を隠すなら森　森を隠すなら森本の密林
無駄毛処理も言葉無碍もしない　東葛歳末ラップ売り尽くし

名古屋愛（青年団／青春五月党）
柳美里との距離僅か数ミリ　青春五月党
12月東葛と　福島と結ぶここ北千住と
常磐線のダイヤ　ラブホの瀬戸大也　交差する足立
交錯するエゴサーチ　向いてない名前のあたし
名古屋ラブじゃなくて愛　音読みより深読み
歪む真実　佐川氏不起訴に頭痛　ロキソニン
国葬にする必要あんのか本当に　アブノーマルな日の丸
考えてる朝から晩から　名古屋愛早稲田バンカラ

安田啓人
た組を知らないここの座組み　俺も東葛を知らない　東葛も俺を知らない
でも出てる　自助と共助と大人の事情　以上
マイク回って来たと思ったらファイナルラップチェッカーフラッグ
振られても俺は止まらない　とにかく今はひたすらに分母を増やす時
この公演のDVD貰っても見返さない　俺はBIGんなって今日の俺を見返す
今日から俺はって去年から言ってるヤツに俺はならない
欲しがらない東葛の16小節　狙ってんのはもっと

④　8月15日

終戦の日
独立記念日
8月15日を分ける
忌々しい戦争の火
歴史は歴史家が綴る
未来へのリリックは作詞家が紡ぐ
しのぎを削るライバル
サッカーと野球
スポーツは五分
経済の差は縮まり
エンタメの差は歴然
それでこそ強敵と書いて「とも」
俺たちはそれぞれの県で生まれ皆北斗の拳で育った
嘘とヘイト
より明朝体のフォントで日韓の前途を
近くて遠いなら遠近両用
Zoff か JINS で買って来な
買ったら領収書は俺に持って来な
すべからく
A－②で落とす
確かに戦争は知らない世代
でも政治家の先生には任せられないってのは知ってる世代
ここぞって時あてんなんないのもわかった親方アメリカ
色んなものが浮き彫りになって見えたコロナ禍
見たくない現実を見ることになるコロナ後の世の中
格差
自殺者
そんなのは見たくないさ
だからサングラスをかけるのさ
Zoff か JINS で買って来な
領収書は東葛で切って来な
男も女もつらいよ
こんな時にこそ帰って来て欲しいんだよ
見て逃げたいんだよ
ほんの一瞬でもこんな現実
葛飾
柴又
帝釈天のほとり
ここであなたの帰りをずっと待ってる

BONUS TRACK

⑤　HOPE

8時だよ落ちてくるタライ　一大事だよ落ちてゆく未来
全員集合　志村うしろ　が俺たちの後ろ盾　だいじょうぶだぁ
8時だよ落ちてくるタライ　一大事だよ落ちてゆく未来
全員集合　志村うしろ　が俺たちの後ろ盾　だいじょうぶだぁ

舞台初日の幕が上がる　なのにまだ覚えてない台詞
役者なら誰もが見る悪夢　乱れるシーツうなされて起きる
ゆっくりと眠るのは棺桶に入ってからでいい
緊張感に包まれながら眠る　寝た気はしないけど役者になれた気がする
まるで修学旅行の夜　誰が先に寝るかのチキンレース
きっとあいつはまだ起きてる　まだ台本と向き合ってる
「森本さんラップ覚えるコツは何ですか？」って訊いて来るヤツがいる
コツを掴もうとするヤツに東葛のマイクは掴めない
初日の朝4時　グループラインに上がってくるラップ
あいつもギリギリまで書いてる　野暮な言葉はいらないスタンプで返す
やるかやられるかじゃない　やるヤツとやるヤツで集まってここでやるだけ
お金とリスクを払って来てくれたお客さんたちへのはなむけ
北千住まで来る時間があれば何ができる　3000円あれば何が買える
今この時間よそでかかってる演劇を蹴ってウチらにBET してくれてる
まぁほとんどが見るに値しない　でも今はディスらない
同業者を削るときじゃない　柄じゃないけど緩やかに連帯

8時だよ落ちてくるタライ　一大事だよ落ちてゆく未来
全員集合　志村うしろ　が俺たちの後ろ盾　だいじょうぶだぁ
8時だよ落ちてくるタライ　一大事だよ落ちてゆく未来
全員集合　志村うしろ　が俺たちの後ろ盾　だいじょうぶだぁ

③　継続は力

ノルマ有りから始めた　演劇っていうカルマ
チケットバックの割合　自慢する制作
って肩書きの主宰の彼女の性格
ヒステリック　グラマーのＴシャツで浮いてる
大方出たがり　裏方は黒に　徹するが鉄則
役者×30　算出の客数
さらに倍　だけが狙いダブルキャスト
バイトはフルキャストで日払い
ＮＨＫ第一は見ない　受信料は未払い
どこそこの誰々が朝ドラに出たらしい
差をつけられた現実は見過ぎない
次のステージも無いギャランティの提示
やりがいの搾取　策に溺れる
作・演出家　さらに自惚れる
岸田の最終　ノミネートへのネゴシエート
アフタートーク　重鎮にお越しいただく
打ち上げでゴマする　女優はホステス
セクハラ　パワハラ　代えられない背に腹
小劇場界じゃ　マタハラも別腹
検査薬　99％の確率
妊娠で役を失う　100％で確実
中絶して射止めた次の役　妊婦の役　エグい現実
Ａ－②活動の継続

継続は力　なりふり構わず　稽古のうちから　全力の力
文化と芸術　女優の現実　流す血と汗と涙の産物
継続は力　なりふり構わず　稽古のうちから　全力の力
文化と芸術　女優の現実　流す血と汗と涙の産物

備考　名古屋愛扱い　つまりお前はノルマ
またはチケットバックのレベルの役者って扱い
お客さんからの推しは役者の背中を押し
時に裏返し　プライドを踏みにじり
ジリ貧になっても失わない品　ご予約は誰々まで
相変わらずツイッターで「扱い」欲しがるあいつ
演ずるより金づるの￥気にするヤツの芝居は既読スルー
荷物まとめな　去る者は駒場拒まず
ヤサはアゴラ　役を扱う集団　広域指定青年団
末端構成員には回らない役
客演がシノギ　１ステ３千円で使い捨て
性別では差別　税別？　いや税込
交通費込み　振込料込み
込み込みでもガラガラの客席は役者の責任で叱責
友達を誘い友達を失う　小劇場俳優　保険の外交
アムウェイとカラオケのマイウェイ

親のスネがあるうちに摑めコネ
オーディション会場　見回すといっつもおんなじ子ね
やめる理由は幾らでもある　続ける理由はたった一つ
続きは卒論で　名古屋愛早稲田文学三年

継続は力　なりふり構わず　稽古のうちから　全力の力
文化と芸術　女優の現実　流す血と汗と涙の産物
継続は力　なりふり構わず　稽古のうちから　全力の力
文化と芸術　女優の現実　流す血と汗と涙の産物

カーテンコール　客よりも早く劇場を後にする
原付に跨る　朝までコールセンターでバイトして帰る
結露でカーテン凍る　吐く息は白い
白井さんの息はかかってない
「東葛が上演されることは今世紀中ない」
By KAATのご担当　今世紀中は非正規
公共とは皇居を挟んで東っ側
芸劇にかからなくても芸術は描ける
シアターイーストより確実にEAST
ここシアター1010　東をイースト菌で膨らます
マスに訴えるより先ず　目の前のお客さんのことだけを
ここだけの言葉で楽しませます
リモート演劇はねもしゅーに任せましょう
こっちは目元隠し根も葉もない言葉のショー
賞味期限は限りなく短く　再演はしない潔く
こんなご時勢でも作品のテイクアウトはやっておりません
ガイドラインに乗っ取り　パンチラインで乗っ取る
東葛スポーツマンシップに乗っ取り　ゴシップは削る
ケンドリック・ラマーのマラにラーマ塗って跨る奥様
神の手コキ　マラどうだ５人抜き　みたいな
下ネタで茶を濁さない　富岳より圧倒的に無学
でもひたすらに　無我夢中に今言うべき言葉を吐く
マイクＯＮ　50音密にしてコロナ禍に突き刺すRHYME
コロナビールの飲み口にライム

継続は力　なりふり構わず　稽古のうちから　全力の力
文化と芸術　女優の現実　流す血と汗と涙の産物
継続は力　なりふり構わず　稽古のうちから　全力の力
文化と芸術　女優の現実　流す血と汗と涙の産物

②　いのちの電話

演劇公演は配信で　配信できないならハイ死んで
幕が上がる前に堕ろされた　コロナ禍で失われた公演の記録
既読残されない　誰にも看取られない孤独死
日本国憲法第25条を　意図的に誤読し
文化的な最低限度額の生活を営む権利
闇から借りてる金は生活を蝕む法定金利
貸借対照表　借方貸方　相方に借りた10万は借方
溜口にタメ口から敬語　話し方
（※溜口→ラブレターズ塚本の相方）
チャージが無いSuicaじゃゲートは開かない
芸とは儚い　幕が開かない舞台　バイト先の賄いも出ない
ネタ合わせしたコントも　今度もお蔵入り
でもギブアップはしねぇ　never ever ネバネバオクラ入り
YO　ヘイSiri消してくれ尻についた火
一日までに耳を揃えなきゃ揃わなくなる指
コロナ禍　志半ば　やめてった仲間
A－②　助けられたのに　A4に遺書残したあいつの命

ぴあでシェークスピアのチケット　紀伊國屋でつかの熱海を見よう
終演後役者と握手交わそう　そのまま流れて居酒屋で呑もう
唾飛ばし合い時に殴り合い　演劇論　朝まで闘わそう
フィクションになった　ただの当たり前だったあの俺たちの日々が

今日は何の日　語呂合わせで毎日が何かの記念日
ウチらにとっちゃ　365日が演劇の日
やってんのは生きるため　じゃなくて生きる糧
台本を吸って台詞を吐く　これが舞台に生きる者の呼吸
はっきし言って収入の主はバイト
でも毎度　職業の欄に書くのは俳優　ヘイ・ユー
それを決めんのはアンタじゃない　俺
誰にナンと言われようと　インドカレーにも俺はライス
来世のことを言えば演劇の鬼が笑う　なら笑わす
生まれ変わってもまた俳優　ヘイ・ユー
それを決めんのは世間じゃない　俺
誰に何と言われようとコント　フロムテニスコート
こうと決めた道をひたすらに　高騰無稽文化財
これが俺たちコント師のドレスコード
芸のためなら女房も笑わす　家庭にコント持ち込む
俺もボケて嫁もボケて　やがて訪れる不条理まで

フリーダイヤル0120　620　147
620（みんな）147（生きような）　かけてみな
文化芸術　いのちの電話
フリーダイヤル0120　620　147
620（みんな）147（生きような）　かけてみな
文化芸術　いのちの電話

ぴあでシティボーイズのチケット　パルコでラジカルガジベリを見よう
終演後楽屋に挨拶行こう　そのままドサクサ打ち上げ混ざろう
唾飛ばし合い時に殴り合い　コント論　朝まで闘わそう
フィクションになった　ただの当たり前だったあの俺たちの日々が

BONUS TRACK

①　ミヤシタパーク

冬が来てまた　一人ホームレスが凍死か
亡骸　の横素通り外資系の投資家
昼に寝て夜に起きて　路上の冬の掟
コキてぇ　霜焼けで動かねぇ手
渋谷宮下　に住んでた　ホームレスに業を煮やした
渋谷　の区長が冷めた口調で　フェンス張って排除
臭いものに蓋　じゃ身も蓋もない　だから俺は歌う
臭い者の唄
物乞い　命乞い　はしない　だからこそ語彙
ふり絞って綴るこそのヒップホップ行為
炊き出し　の列に並ぶ壱成いしだ氏
鬱らしい　ならば生活保護致し方なし
なけなし　の金　があるだけ　まだマシ
金があるって話　ウチら文無し泣くだけだし
「必ず最後に愛は勝つ」と歌った
KAN の勘は外れた　そしてまた俺は缶を拾った

この木なんの木　金のなる木　のナイキ
金で横取りして横文字　ミヤシタパーク
KY なネームに　JY のパーク Niziu ×
重箱をつつく　ナイキのスウッシュ
エアマックス狩り　今宵ナイキ狩る番
カルバン・クライン　ケイト・モスに Supreme の
前貼り
パーカーの良し悪し　はフードの立ち
この町の良し悪し　はフッドのダチ

「15 の夜」尾崎　の世界観よりも
おさげ髪の初体験談　重要な夜
わたしが眠る毛布　に潜り込む継父
鼻をつくワンカップ　酒臭い口臭
まさぐられる発展途上　わたしの B カップ
母親は登場しない　見て見ぬふり
欲望のままに　ねじ込まれる肉棒
シーツに滴る血　もう居られないこんな家

おウチ　に居られないならこっち　においで
愛の手　差しのべる　渋谷宮下　の足長おじさん
空き缶　拾うよりもおじさん　と青姦
千ペロ　千円でペロペロ
樋口一葉でどう？　五千円でエッチしようどう？
使っとこう　避妊具は一応
失敗は成功の　成功は性交の
失敗は性病の元　もっともっとどう？

笑う門に福　着てる服　売って福沢諭吉来る
ルーズソックスとパンツ　制服一式売って親の月収
を超える

18 金より高く売れる　18 禁メッキ貼りの名器
メッカ渋谷宮下　援交は下克上　年功序列と逆行
男と C を重ねた金で C が重なるシャネル　ヴィトン
の財布に GPS の細工
拉致られても　ダチが居場所突き止める
段ボールで暖をとるホームレス　空き缶の花瓶に
万札で折った花を一輪挿す
宮下公園で共に生きる者の道徳
あれから　20 年振りに訪れたミヤシタはカタカナ
変わったのはお互い様　こっちの苗字もあの頃と
は変わった
ウジャウジャ居た浮浪者　今は隣に配偶者
三万で客引いた　同じ場所で今は 3 歳の息子の手を
引いた
本日のコーヒー　スタバこの場所　20 年前あの日
この場所
売人が刺され奪われた札束　ホームレスの証言
犯人は JK
過去を知らない夫と未来を見る　USJ 旅行の計画
を立てる
あの日奪った札束が眠る UFJ 貸金庫

悲喜こもごもをぶっ潰し　どこもかしこもの景色
に変える
公金を金に換える　デベロッパーの涎にまみれる
富裕層が落とす金　そのおこぼれに預かれジェン
トリフィケーション
真の貧困は　懐よりも発想の貧困
フリップ芸にいそしむ女帝　三密より頭ん中は 3 期目
東京は腰掛け　見てんのは総理の椅子だけ
都知事の当選者の発表は　発想を持ってる人に
変えさせて頂く
渋谷宮下　一兵卒のペーソス

BONUS TRACKS:『A−② 活動の継続・再開のための公演』全歌詞

PARENTAL
ADVISORY
EXPLICIT LYRICS

著者略歴

金山寿甲（かなやますがつ）
1975年生まれ。千葉県流山市出身。東葛スポーツ主宰、劇作家、演出家。
代表作に『A–②活動の継続・再開のための公演』（第65回岸田國士戯曲賞最終候補作品）。

お問い合わせ：
東葛スポーツ tokatsusports@gmail.com　公式HP www.tokatsusports.com　公式twitter @tokatsusports

パチンコ（上《じょう》）

2023年 4月20日　印刷
2023年 5月15日　発行

著　者© 金山寿甲
発行者　岩堀雅己
発行所　株式会社白水社
電話　03-3291-7811（営業部）7821（編集部）
住所　〒101-0052 東京都千代田区神田小川町3-24
www.hakusuisha.co.jp
振替　00190-5-33228
編集　和久田賴男（白水社）
装丁　奥定泰之
印刷所　株式会社理想社
製本所　誠製本株式会社

乱丁・落丁本は送料小社負担にてお取り替えいたします。

ISBN978-4-560-09361-0
Printed in Japan